RELIGION EN ACTION

RÉPERTOIRE DE LA JEUNESSE.

PÉLAGE

OU LA CROIX AFFRANCHIE

DRAME EN CINQ ACTES

PAR

M. L'ABBÉ ESTÈVE

AUMONIER DU LYCÉE DE POITIERS, OFFICIER DE L'INSTRUCTION
PUBLIQUE, CHEVALIER DE LA LÉGION D'HONNEUR.

PREMIÈRE SÉRIE.

SECONDE ÉDITION

POITIERS

HENRI OUDIN, LIBRAIRE-ÉDITEUR,

RUE DE L'ÉPERON, 4.

1867

AVIS DE L'ÉDITEUR.

—

Pour être essentiellement morales et religieuses, les pièces que nous publions n'en offrent pas moins une lecture aussi attrayante qu'elle est instructive.

Le plus grand soin ayant présidé au choix des sujets et à l'ordonnance des rôles, les drames, pastorales, etc., peuvent être joués dans les maisons d'éducation où l'on a conservé l'usage de ces sortes d'exercice.

Nous les croyons éminemment propres à rehausser l'intérêt qui s'attache aux solennités scolaires. Désireux de joindre autant que possible l'utile à l'agréable, *utile dulci*, comme dit l'adage antique, l'auteur s'est principalement inspiré des modèles si chers à la jeunesse : FÉNELON et RACINE.

OBSERVATION. — Quant à la plupart des couplets répandus dans les diverses pièces, on peut, à défaut du chant, se borner à les réciter.

LA RELIGION EN ACTION

DRAMES. — 1re SÉRIE

PÉLAGE

OU LA CROIX AFFRANCHIE

DRAME EN CINQ ACTES

PAR

M. L'ABBÉ ESTÈVE

AUMONIER DU LYCÉE DE POITIERS, OFFICIER DE L'INSTRUCTION
PUBLIQUE, CHEVALIER DE LA LÉGION D'HONNEUR.

POITIERS

HENRI OUDIN, LIBRAIRE-ÉDITEUR,

RUE DE L'ÉPERON, 4.

1867

PROLOGUE.

On sait que la bataille de Xérès en 711, avait livré
l'Espagne aux Maures venus d'Afrique. Ceux-ci, indé-
pendamment du fanatisme qui les emportait à travers
l'Europe, avaient surtout convoité la fertilité et le doux
climat de l'un des plus beaux pays du monde. Cependant quelques Espagnols, fuyant la servitude, s'étaient
retirés sous la conduite de Pélage leur chef, dans les
montagnes des Asturies, où ils gémissaient sur les maux
de leur patrie sans désespérer pourtant d'un meilleur
avenir. Effectivement les efforts et les victoires de ces
braves donnèrent le signal d'une lutte qui, après le
refoulement successif des Infidèles, aboutit à leur complète expulsion du sol de l'Espagne. Telles sont les
données historiques qui ont fourni le sujet du drame
de Pélage. Nous avons choisi cette époque de réaction
chrétienne contre les envahisseurs musulmans, parce
qu'elle est l'une des plus intéressantes, des plus glo-
rieuses et des plus dramatiques de l'histoire d'Espagne.
Nous avons aussi profité de la licence qui fut toujours
accordée, dit Horace, aux poètes comme aux peintres
d'ajouter à un fonds vrai les circonstances d'imagination
qu'ils croient les plus propres à le mettre en relief et
en même temps les plus capables d'exciter et de soutenir
l'intérêt des spectateurs.

PERSONNAGES.

—

PÉLAGE, roi des Espagnols restés libres.

FAVILLA, son fils.

THÉODEMIR,
XIMÉNÈS,
RÉAL,
LIPHARÈS,
} Officiers espagnols.

FERNAND, précepteur d'Abdalhi.

ALAHOR, roi des Infidèles.

ABDHALI, son fils.

ALCAMAN, ministre d'Alahor.

MUZA,
WITIZA,
} Officiers Musulmans.

SCÈNE : { Camp des Chrétiens.
{ Camp des Infidèles.

PÉLAGE

ou

LA CROIX AFFRANCHIE.

ACTE PREMIER.

SCÈNE PREMIÈRE.

THÉODEMIR, XIMÉNÈS.

XIMÉNÈS.

J'apprends, mais pour ma part, sans les craindre,
[seigneur,
Les projets menaçants d'un barbare oppresseur ;
Content d'avoir conquis nos plus belles provinces,
Pillé l'Espagne entière et massacré nos princes ;
Content de nous voir fuir et trembler à sa voix,
Il sembla fatigué de ses propres exploits.
Débris infortunés, échappés du naufrage,
Nous pûmes respirer quand se calma l'orage.
Nous avions tout perdu, tout, excepté pourtant
Ce qu'un homme de cœur ne perd qu'en expirant,
La liberté ! qui seule, à ces tristes montagnes,
Sait prêter un éclat que n'ont plus nos campagnes,
Malgré leurs doux parfums et leurs soleils si beaux.
Depuis que d'Alahor y flottent les drapeaux.

Affamé de butin encor plus que de gloire
Le tyran savourait les fruits de sa victoire.
Son glaive redoutable a longtemps sommeillé.
Le tigre reposait, qui donc l'a réveillé ?

THÉODEMIR.

Un malheur ! Qui lui rend cette audace effrénée
Dont a gémi l'Espagne à ses pieds enchaînée?
Ecoute ce terrible et douloureux récit :

(*Ils s'asseyent.*)

Après le grand combat où Rodrigue périt,
Le vainqueur, enchanté des grâces d'Eginore,
Captive que ses pleurs rendaient plus belle encore,
Résolut d'immoler à son brutal amour
La colombe tombée aux griffes du vautour.
Mais le ciel, attentif aux cris de la victime,
Remplaça ces fureurs par un nœud légitime.
Profitant du pouvoir qu'elle avait sur son cœur,
Eginore adoucit le farouche vainqueur.
Le torrent, il est vrai, parcourut l'Ibérie,
Mais il ne roula plus avec tant de furie ;
Qui voulait se soumettre échappait au trépas :
Alahor conquérait, mais ne massacrait pas....
Enfin, les Espagnols qui fuyaient l'esclavage
Ont pu se réunir à la voix de Pélage
Et chercher un asile en des lieux écartés
Que les pas du tyran n'ont jamais infectés.
Cependant Eginore avait donné naissance
A ce jeune héros dont la vertu devance

Les quatorze printemps dont il est couronné.
Alahor n'en devint que plus passionné ;
Il ne songeait qu'à plaire à sa belle princesse ;
Mais, ô malheur fatal à sa vive tendresse,
Aux chrétiens opprimés bien plus fatal encor,
Le deuil vint assombrir le palais d'Alahor !
Sous un fer assassin Eginore succombe,
Le palmier dans sa fleur s'incline vers la tombe...
Oh ! qui t'exprimerait, qui pourrait concevoir
Le chagrin, la fureur, le sombre désespoir
De celui qu'un tel coup frappe, brise et déchire !
Il s'arme de son glaive, et déjà son délire
Le tournait vers ce cœur cruellement blessé.
Mais le jeune Abdhali tient son père embrassé,
Le conjure de vivre, en essuyant ses larmes,
Arrache de ses mains et jette au loin ses armes ;
Aux tourments d'Alahor, il comprend que sa voix
Peut seule, en les calmant, alléger l'affreux poids
D'un chagrin dévorant qu'il éprouvait lui-même.
On ne résiste point à la voix que l'on aime.
Se sentant caressé par les bras de son fils,
Le prince enfin respire et reprend ses esprits ;
Puis il tient un moment les yeux fixés à terre,
Les relève et s'écrie : Eginore ou la guerre !
« Eginore ou du sang, pour noyer ma douleur ;
« Il en faut des torrents pour apaiser mon cœur !
« Quand j'aurai sous mon char écrasé les rebelles,
« Je franchirai ces monts aux neiges éternelles ;
« Et de là, découvrant des horizons nouveaux,
« J'irai me mesurer avec de vrais héros !...... »

XIMÉNÈS , *indigné. (Ils se lèvent.)*

Et pour qui prend-il donc l'intrépide Pélage ?
L'insolent paiera cher ce révoltant outrage !

THÉODEMIR.

Tel est l'affreux discours qu'a tenu le tyran.
Terrible il s'élançait , et ce premier élan
Aux Espagnols surpris aurait été funeste ,
Aurait de nos guerriers anéanti le reste ;
Mais son fils un moment a calmé ses fureurs.
Il paraît qu'Abdhali déplore nos malheurs,
Et malgré sa naissance , il se peut qu'il adore
En secret le vrai Dieu qu'adorait Eginore.
Plein d'amour pour sa mère , héritier de sa foi ,
Il gémit qu'Alahor impose une autre loi.
Le prince , par égard à ses vives prières ,
Fait rentrer au fourreau ses armes meurtrières,
Et mande à notre roi par son ambassadeur
Que s'il veut se soumettre à la loi du vainqueur
Et déclarer l'Espagne à l'Arabe asservie ,
Il pourra pardonner et nous laisser la vie....

XIMÉNÈS (*l'interrompant*).

A l'Arabe asservis ! nous qui, depuis quinze ans,
Ne vivons au désert que pour fuir les tyrans !...
Assez d'infortunés ont subi le servage.
Malheur à qui viendrait.... Mais notre roi Pélage
Sans doute avec horreur a repoussé les fers !

THÉODEMIR.

Afin de se régler sur nos avis divers,
Il veut nous consulter avant que de répondre.

XIMÉNÈS.

Au lieu de consulter, il faudrait aller fondre
Sur le tyran jaloux de notre liberté !

THÉODEMIR.

Mais jusqu'ici l'Espagne a vainement lutté.
A quoi sert la valeur contre tant de furie ?

XIMÉNÈS.

A périr avec gloire en vengeant la patrie

THÉODEMIR.

Bien, Ximenès !.....

SCÈNE II.

LES MÊMES, *entrée de plusieurs Grands d'Espagne.*

LIPHARÈS.

Le Roi !

SCÈNE III.

LES MÊMES, PÉLAGE, SOLDATS.

THÉODEMIR.

Que son cœur est navré !

PÉLAGE.

Oui, seigneurs, je suis triste ; oui, je suis déchiré
Par des traits dont la pointe avance sans relâche :
J'ai vu tomber nos rois et jaillir sous la hache
Le sang du citoyen fidèle à son drapeau ;
J'ai vu la liberté qu'on traînait au tombeau.
Un ramas de tyrans lui servait de cortége ;
Ils marchaient, en serrant la chaîne sacrilége
Dont les anneaux roulaient sur ses bras impuissants.
J'ai vu piller le temple et s'éteindre l'encens.
Les chemins de Sion déplorent leur veuvage ;
Le prêtre et le fidèle emportés par l'orage
Ne vont plus à l'autel, qu'ils couronnaient de fleurs,
Adorer le vrai Dieu qui console les cœurs ;
La croix a disparu de nos cités chéries,
Et nos beaux citronniers de leurs têtes fleuries
Ombragent tristement l'odieux minaret.
La Croix cède au croissant, le Christ à Mahomet....
La terreur et la mort ouvrant leurs sombres ailes,
Planent, en déchirant de leurs serres cruelles
Nos frères gémissants sous le joug étranger,
La chaîne s'alourdit au lieu de s'alléger.
La torture est au comble, et sous l'horrible étreinte
Le tyran veut encor qu'on étouffe la plainte !
Oui, seigneurs, je suis triste en voyant ces horreurs,
Et mes yeux malgré moi laissent couler des pleurs !....

XIMÉNÈS.

Et nous pûmes survivre à tant d'ignominie !
La vie est un forfait quand périt la patrie !

PÉLAGE.

Guerriers , détrompez-vous et soyez sans remords :
Je vous ai vus pour elle affronter mille morts.
Vous dûtes obéir quand la voix de Pélage
Ordonna de céder et de fuir le carnage.
Rodrigue n'était plus..... l'ennemi triomphait;
La retraite a rendu le massacre imparfait ,
Le glaive aurait éteint l'espoir de la patrie.
Il est beau de mourir en vendant cher sa vie
Quand on sait qu'il demeure après soi des héros
Qui pourront nous venger et réparer les maux
Que le sort des combats fait à ceux qu'il accable.
Ne pas lutter alors, c'est se rendre coupable. —
Mais vous , vous restiez seuls !... S'obstiner à périr ,
C'était désespérer d'un meilleur avenir......
Si l'arbre fut détruit, il reste un germe encore;
Peut-être que nos yeux pourront le voir éclore,
S'élever et pousser des rameaux triomphants
Que n'atteindra jamais la hache des tyrans.

THÉODEMIR.

Si tu dois te lever, beau soleil, sur nos têtes,
Nous rendre notre Dieu , nos temples et nos fêtes,
Puisse mon nom briller parmi ceux des héros
Qui briseront le glaive aux mains de nos bourreaux !

XIMÉNÈS.

Ah ! puisse cette épée, à mon côté brûlante,
S'enfoncer dans leurs flancs et ressortir fumante....

LIPHARÈS.

Puissions-nous déchirer ce manteau plein de sang
Dont les horribles plis étouffent l'innocent.

RÉAL.

Puissions-nous mutiler le Croissant tyrannique,
Planter sur ses débris le signe pacifique
Qui déroba sa proie à l'Enfer irrité,
Et qui tombe ou fleurit avec la liberté !

PÉLAGE.

Eh bien ! vous le pouvez ! Le tyran d'Ibérie
Veut encor resserrer les fers de la patrie
Et jusque sur ces monts rouler son char sanglant.
L'esclavage ou la mort ! est son cri menaçant.
L'esclavage !.... à ce mot, un noble cœur frissonne,
Et le sang révolté dans les veines bouillonne......
Entendez-vous, guerriers, l'affreux bruit des liens
Qu'apporte en frémissant le bourreau des Chrétiens ?
J'en jure par vos bras ! sa puissance est finie !
Le tombeau que pour nous creusait la tyrannie
Se fermera sur elle au cri de : Liberté,
Qui d'échos en échos mille fois répété
Ira brisant les fers qu'avait jetés l'Afrique
Aux provinces en proie à la terreur panique
Dont nous fûmes saisis à l'aspect des guerriers
Que les flots ne cessaient de vomir par milliers;
Ira lavant l'affront et réparant l'outrage
Des stigmates honteux laissés par l'esclavage,

Et réveillant l'Espagne au bruit harmonieux
De ses chaînes tombant sous les coups de nos preux
Fera briller encor les antiques bannières
Dont les plis ondoyants ont ombragé nos pères...
Aux plaines d'Auséba laissons-les arriver,
Ces Maures insolents qui viennent nous braver !
Nous, du haut de ces monts où dorment les tempêtes,
Nous roulerons soudain à grands flots sur leurs têtes.
A force de bravoure on triomphe du sort.....
Soldats, vous l'entendez.... la victoire ou la mort !

    XIMÉNÈS *et toute la suite, avec enthousiasme.*

La victoire ou la mort ! bravo ! noble Pélage....

PÉLAGE.

Je dois... je donnerai l'exemple du courage !

THÉODEMIR.

Les coups sont plus hardis sous les yeux de son roi !

PÉLAGE.

Eh bien ! préparez-vous à marcher avec moi !

LIPHARÈS.

Fernand, que l'on croyait retourné vers son maître,
Un instant à vos yeux demande à reparaître.

PÉLAGE.

Qu'il entre ! parmi nous Fernand peut être admis :
Chez un prince étranger il est de nos amis.
Les faveurs d'Alahor n'ont pas éteint la flamme
Du noble dévouement que Dieu mit dans son âme.

SCÈNE IV.

LES MÊMES , FERNAND.

FERNAND.

Je crains d'être importun , seigneur , en insistant
Au moins n'attribuez qu'à mon zèle constant ,
Pour sauver mon pays d'une ruine entière ,
Les efforts que je fais pour conjurer la guerre.

PÉLAGE.

Fernand , je rends justice à tes nobles projets ;
Mais la condition qu'on impose à la paix,
Par des hommes de cœur ne saurait être admise.
Rester libre ou mourir ! voilà notre devise.

FERNAND.

Céder pour quelque temps n'est qu'un mal passager ;
Prince , Abdhali n'est pas pour vous un étranger ;
Et puisqu'il doit régner un jour après son père ,
Héritier des vertus , de la foi de sa mère ,
Il saura réparer les maux longtemps soufferts.
Ne voulant du pouvoir que pour briser nos fers ,
Et remettant le sceptre à des mains légitimes ,
Il fera d'Alahor oublier tous les crimes.

PÉLAGE.

Je conçois qu'Abdhali puisse s'intéresser
Aux guerriers qu'Alahor brûle de terrasser.

Sans doute, à la pitié son cœur est accessible....
Il est vrai que sa mère, à nos malheurs sensible,
Parvint à réprimer le terrible penchant
Qu'eut toujours le despote à verser notre sang.
J'admets qu'il hérita des vertus de sa mère
Et purgea tout le sang qu'il reçut de son père
En adorant le Dieu qu'Eginore adorait.
Je le crois ; — cependant, Fernand, il se pourrait
Que, dominé plus tard par un conseil inique,
Il suivît d'Alahor l'affreuse politique.
Abdhali sans Fernand n'est qu'un fragile appui,
Or, on dit ta disgrâce infaillible aujourd'hui.
Du cruel Alcaman, jaloux de ta puissance,
L'Espagne sent déjà la funeste influence.
Pour la paralyser nous comptons sur nos bras !
Tes promesses, Fernand, ne nous séduiront pas ;
Car ce bel avenir a pour base fragile
Les discours d'un jeune homme à la tête mobile
Et qui cherche aujourd'hui ce qu'il fuira demain.....
Quand l'espoir est chanceux et le péril certain
Toute soumission serait lâche imprudence ;
Un brave doit plutôt se fier à sa lance
Qu'aux discours caressants dont on veut l'endormir
Quand le tigre s'avance et commence à rugir.....
Adieu, Fernand !

(*Fernand se retire.*)

SCÈNE V.

LES MÊMES. — TOUS.

Bravo ! Vive le roi !

XIMÉNÈS.

Pélage ,
Nous saurons nous montrer dignes de ton courage.

RÉAL.

Nous t'avons tous compris. Volons au champ d'hon-
[neur !

PÉLAGE.

Que l'on fasse au plus tôt entrer l'ambassadeur !
Car je sais maintenant ce qu'il faudra lui dire.

XIMÉNÈS.

Des malheurs les plus grands l'esclavage est le pire !

PÉLAGE.

Quoi ! parce que la mort aura ravi le jour
Au malheureux objet de son indigne amour ,
Il faut que d'Alahor la fureur endormie
Déchire à son réveil une proie ennemie !
Et voilà le secret , pour calmer sa douleur !
Le carnage ou l'amour pour amuser son cœur !

Et son regard cupide, à défaut d'autres charmes,
Réclame, pour jouir, et du sang et des larmes?
Quel orgueil! Quel délire!...

(à *Liphares*) Eh bien! l'ambassadeur?

LIPHARÈS.

Pour paraître il n'attend que vos ordres, seigneur.

PÉLAGE.

Qu'il s'avance!...

SCÈNE VI.

LES MÊMES, VITIZA.

WITIZA.

Chrétien, ta résolution
Est-elle pour la paix ou la destruction?
Parle.

PÉLAGE.

La paix, dis-tu? Mais l'instrument qui grave
Sur les fronts avilis le hideux mot d'esclave
Est celui que ton maître a remis dans tes mains
Pour sceller la concorde et fixer nos destins.....
Nous repoussons les fers qu'Alahor nous présente,
Son traité révoltant et sa paix insultante!

WITIZA.

Tu devrais accepter, et t'estimer heureux
Qu'avant de t'écraser le foudre impétueux

1*

Suspende en ta faveur sa marche redoutable.
Innocent jusqu'ici, tu deviendras coupable
En prodiguant un sang que tu peux épargner.
Les succès l'Alahor auraient dû t'enseigner
Ce qu'on gagne à vouloir lutter contre l'orage.
Au lieu de l'irriter, cherche à calmer sa rage :
L'incendie assoupi n'en est que plus ardent
Quand la flamme s'éveille et s'élance en grondant.
Désarme sa colère, il en est temps encore ;
Profite des instants que le fils d'Eginore
T'a su faire accorder pour demander la paix ; —
Alahor fait pour toi ce qu'il ne fit jamais :
Il parle avant d'agir, et tu peux te soustraire
Aux horribles fléaux que verse sa colère
Sur les tristes cités qu'il dévoue à la mort.

PÉLAGE.

J'entends....

WITIZA.

Songe qu'un mot va décider ton sort.

PÉLAGE.

Il est tout décidé s'il faut que l'esclavage
Soit l'indigne rançon qui doit sauver Pélage.
Cependant ta fierté, ton discours me surprend
Et me livre un peu vite au pouvoir du tyran.
Crois-tu qu'on me verra reculer dans la lice,
Qu'au combat échauffé mon glaive refroidisse,
Et que facilement Alahor sous ses coups
Pourra me renverser mourant à ses genoux ?

Crois-tu que nos guerriers présenterônt sans peine
Et leurs fronts à son joug et leurs mains à sa chaîne?...
Les vœux de l'insolent pourront être déçus :
Dieu se rit des projets que l'orgueil a conçus.
Dis-lui qu'elle n'est pas facile, la conquête
Des rochers où Pélage a fixé sa retraite.
C'est assez reculer au-devant de ses pas :
Ces monts sont des remparts qu'il ne franchira pas.
« Mais en luttant encor je me rendrai coupable.....?
« Du sang qui va couler je serai responsable...? »
Est-ce donc pour servir qu'ils m'ont nommé leur roi,
Ces guerriers qu'on a vus, pressés autour de moi,
Disputer aux chevreuils leurs demeures sauvages,
Souffrir la faim, la soif, affronter les orages
Et préférer mourir au sein de ces déserts
Plutôt que de courber leur tête sous les fers?....
Et moi, dont les discours animant leur constance
Ont réflété sur eux des rayons d'espérance,
J'irais entre leurs mains en briser le flambeau?...
Non, non. — L'indépendance ou cent fois le
                                        [tombeau!....

WITIZA.

Vous bravez Alahor; il vous fera connaître......

PÉLAGE (l'interrompant.)

Aux plaines d'Auséba nous attendons ton maître!

WITIZA.

Eh bien! tu l'y verras terrible et brandissant
Un glaive dont la soif s'éteindra dans ton sang.

Contre l'astre du jour révoltant la poussière..
Imprudent, tu croyais éclipser sa lumière!
Malgré tes vains efforts, atome méprisé,
Tu ramperas toujours sous la roue écrasé!...
Tremble!... Adieu!

PÉLAGE.

L'Espagnol qui tiendrait ce langage
A qui t'osa charger d'un infâme message
Recevrait sans tarder un juste châtiment....
Mon Dieu met dans les cœurs un plus beau sentiment:
Ce n'est qu'au champ d'honneur qu'il punit l'insolence:
Du Christ à Mahomet mesure la distance!

ACTE DEUXIÈME.

SCÈNE PREMIÈRE.

ABDHALI, FERNAND.

ABDHALI.

Enfin, puis-je espérer, cher Fernand, de soustraire
Les nobles Espagnols au glaive de mon père?
Voudront-ils opposer une digue au torrent?
Celui que son mérite a mis au premier rang
A-t-il prêté, dis-moi, l'oreille à ton langage?

FERNAND.

Nous étions encor loin de connaître Pélage.
Ghéri des Espagnols qui vivent sous sa loi
Et dont il est plutôt le père que le roi,
Intrépide guerrier, franc, loyal, populaire,
Il a su réunir autour de sa bannière
La fleur des combattants au carnage échappés
Et que, sans lui, la mort aurait enveloppés
Dans les sombres filets qu'affrontait leur courage;
Ils ont par-dessus tout horreur de l'esclavage.
Ce mot seul les révolte, et l'excès du malheur
Au lieu de l'affaiblir augmente leur valeur.
Ils brûlent de franchir, de dévorer l'espace
Qui les sépare encor du camp qui les menace.

ABDHALI (*avec surprise*).

Pélage avec dédain a repoussé mes vœux ?

FERNAND.

Non, seigneur, il admire un prince généreux,
Qui promet de changer un jour la destinée
A laquelle aujourd'hui l'Espagne est condamnée ;
Mais cet espoir lointain fait peu d'impression.
Sur qui doit avant tout subir l'oppression.
« Vous n'offrez, a-t-il dit, qu'une chance incertaine »,
Et même, le dirai-je, on ne croit qu'avec peine
Au titre de chrétien que je vous ai donné.

ABDHALI.

Au sort que je craignais me voilà condamné !
Il faudra que je marche à côté de mon père
Pour combattre la foi que m'enseigna ma mère ;
Abolir des chrétiens le culte glorieux
Et les soumettre au joug justement odieux
Qu'un prophète menteur vint apporter au monde !
Il faudra que je marche et que mon bras seconde
Les bras profanateurs qui briseront la Croix !

FERNAND.

Abdhali combattrait pour éteindre les voix
Qui seules adressaient un légitime hommage
Au Dieu qui seul a droit d'être aimé sans partage ?

Seigneur, de tels exploits ne vous sont pas permis :
Chrétiens, les Espagnols deviennent vos amis...
Vous pourriez vous baigner dans le sang de vos frères ?

ABDHALI (*avec animation*).

Je verrais du combat déployer les bannières ?
Alahor marcherait entouré de héros,
Et moi je languirais dans un lâche repos ?
Leurs mains balanceraient les palmes de la gloire
Et seul je serais veuf des dons de la victoire ?
Je verrais des lauriers éclater sur leurs fronts
Et le mien triste et nu manquerait de fleurons ?...
Cesse de concevoir ces espérances vaines ;
Non, le sang d'Alahor qui coule dans mes veines
Et que fait bouillonner le seul mot de combat ;
Mes yeux accoutumés à dévorer l'éclat
D'un casque aux crins mouvants, d'une brillante
Ne me permettent pas la solitude obscure   [armure
Où je devrais m'enfuir pour épargner un sang
Qu'il me faudra verser quoiqu'il soit innocent !...

(*Avec mélancolie*).

Pourtant j'avais promis..... Mais, quoi ! la renommée
Publîrait qu'Abdhali s'échappant de l'armée
Aurait jeté son glaive au moment périlleux ?...
Je rougis de songer à ce parti honteux !

FERNAND.

Ainsi pour acquérir une gloire éphémère,
Vous manquez aux serments jurés à votre mère ?

Fureur que cherche encore à redoubler Pélage,
Par le refus qu'il fait du passager hommage
Que mon père exigeait pour accorder la paix ;
Tout conspire à la fois à rompre mes projets :
A peine si j'obtins par mes vives instances
Qu'Alahor un instant suspendît ses vengeances.
Maintenant mon crédit ne peut les arrêter :
Et de nouveaux efforts ne feraient qu'irriter
Un courroux qu'a besoin de rallumer sans cesse
Le nouveau favori dont l'infernale adresse
A su te renverser d'un poste qui t'est dû.

FERNAND (*avec gravité*).

Il ne faut pas juger sans avoir entendu
Les détails d'un complot qui me semble impossible.
Pour y croire, Abdhali, l'intrigue est trop horrible.

ABDHALI.

Tout horrible qu'elle est, j'allais la démêler
Si le bruit des combats n'était venu troubler
Les ressorts qui devaient dévoiler le mystère ;
J'ai tout fait pour gagner ou Pélage ou mon père.
Inutiles efforts ! je n'ai pu réussir !
La lutte est imminente ! il me reste à choisir
Un combat criminel ou le repos du lâche.
Les traits de la douleur me percent sans relâche :
A peine un coup affreux est venu me navrer,
Que par un autre coup je me sens déchirer...
Tourments intérieurs, Dieu seul peut vous compren-
[dre !

FERNAND.

Je reconnais en vous un fils sensible et tendre ;
Dans mon jeune Abdhali j'admire le héros,
L'ennemi déclaré d'un indigne repos,
Et ma prévision n'a point été trompée :
Alahor pourra bien vous léguer son épée.
Mais vous ne songez pas que dans cet entretien
Le fils et le guerrier éclipsent le chrétien.
Soyez grand, valeureux, plein d'ardeur, magnanime ;
Mais rejetez la palme alors qu'elle est un crime.
Vous pleurez votre mère, — eh ! qui pourrait jamais
Blâmer votre douleur ou l'accuser d'excès,
Quand la plus belle fleur que porta l'Ibérie,
Sous un souffle cruel tombe soudain flétrie ?
Mais le meilleur moyen de prouver votre amour,
Prince, à l'objet chéri qui vous donna le jour,
Serait d'exécuter sa volonté dernière,
En rompant le projet que nourrit votre père.

ABDHALI.

Ni mes cris, ni mes pleurs ne peuvent l'émouvoir...
Je suis bien malheureux...

FERNAND.

Remplissez un devoir
Que l'amour filial, que la foi vous impose ;
Laissez là vos terreurs. Un chrétien se repose
Sur un Dieu sage et bon du soin de l'avenir.
Quand le torrent menace, il cherche à prévenir

Les terribles effets qui marquent son passage;
L'obstacle, en grandissant, doit grandir son courage;
Tel doit être, Abdhali, d'un vrai héros le soin.
Le sort que vous craignez est peut-être bien loin;
Un fils est si puissant sur le cœur de son père !
La voix que l'on chérit désarme la colère...
Je l'entends s'avancer... je vous laisse avec lui.

ABDHALI.

O Dieu que j'aime encor, prêtez-moi votre appui !

FERNAND.

Sans doute il est instruit des desseins de Pélage ;
Dans ses premiers accès n'affrontez pas sa rage.
Paraissez quand sa voix réclamera son fils.

ABDHALI.

Fernand, éloignons-nous, j'entends déjà ses cris.

(*Ils sortent.*)

SCÈNE II.

ALAHOR (*seul*).

Il ose à son refus joindre encor la menace !
Un lâche fugitif se permet quelque audace ;
Il ose défier au combat... Et qui?... Moi?...
A-t-il donc oublié le sort du dernier roi
Qu'à ma vaillante épée opposa l'Ibérie ?
L'oiseau faible et timide aurait-il la folie
De s'attaquer à l'aigle et d'arrêter son vol?...
Eh bien ! j'abolirai jusqu'au nom d'Espagnol !
Aussitôt qu'il respire un esclave s'oublie ;
Il faut que sous le joug incessamment il plie,

Sans perdre un seul instant l'habitude des fers ;
On n'établit la paix qu'en formant des déserts...
Jusqu'ici les vaincus engraissés d'opulence ,
Ont nourri dans leurs cœurs des projets de vengeance;
Ils ont pu jusqu'ici fuyant de toutes parts,
Se rallier en foule autour des étendards
Que l'imprudent Pélage arbore et veut défendre.
Ils bravent Alahor ! Ah ! qu'ils osent l'attendre !
Ils me verront soudain comme un feu dévorant
Qui jaillit des vallons, s'anime en gravissant
Sur les monts escarpés dont il couvre le faîte ;
Je tarde à me donner cette brillante fête,
A les tenir captifs dans un même réseau.
Aucun n'échappera, je serai le fléau
Qui les fera sécher sous sa brûlante haleine ;
Quand mon glaive est tiré... la résistance est vaine...
On a pu me fléchir ; — m'épouvanter... jamais !...

(Regardant autour de lui.)

Mais je n'aperçois pas mon fils que je cherchais ;
Et pourtant Abdhali devait ici se rendre.

SCÈNE III.

ALAHOR , ABDHALI.

ABDHALI.

Ah ! mon père, excusez...

ALAHOR.

Pourquoi me faire attendre ,

Moi qui n'ai d'autre amour que celui de te voir ?
Les doux traits d'Abdhali sont le brillant miroir

Où vient se réfléchir l'image d'Eginore.
En te voyant , mon fils , je crois la voir encore.
Oui , je vois sur ton front sa douce majesté ,
Cet air tendre et soumis , reflet de sa beauté.
Hélas! pourquoi faut-il qu'à jamais tant de charmes...
Hâtons-nous de voler au milieu des alarmes !
Les combats feront trêve au cruel souvenir
Qui malgré mes efforts vient toujours m'assaillir...
Ne savoir quelle main porta ce coup terrible !
Ne pouvoir s'en venger !... incertitude horrible
Qui double les tourments que me causa sa mort !

ABDHALI (*avec douceur*).

Que voulez-vous qu'on sache au milieu du transport
Dont saisit tous les cœurs cette affreuse nouvelle?
Attendez quelque temps ; le crime se décèle
Au moment quelquefois qu'on y songe le moins.

ALAHOR.

Eh ! pour le découvrir ai-je épargné mes soins?

ABDHALI.

Non, seigneur; mais songez que le bruit de la guerre
Est plus propre à cacher qu'à trahir le mystère.
Qui vous pousse au combat peut avoir des raisons.

ALAHOR.

Et sur qui tomberaient , Abdhali , tes soupçons?

ABDHALI.

Différez de combattre, et l'on pourra peut-être

En dessillant vos yeux vous faire enfin connaître
Celui qu'intéressait cet horrible trépas !....

ALAHOR.

Je suis trop avancé pour reculer d'un pas.
Mais je laisse à ma place un ministre fidèle :
Alcaman doit agir, et je connais son zèle.

ABDHALI.

Alcaman ! lui....

ALAHOR.

                Sans doute ; — éloigné de la cour,
Quand régnait sur mon cœur l'objet d'un tendre amour,
Il me vit à Fernand donner la préférence.
L'Espagnol triomphait ; mais enfin je commence
A distinguer celui qui sait mieux me servir.

ABDHALI.

Bien souvent l'on se trompe en voulant mieux choi-
                                        [sir....

ALAHOR (*d'un ton sévère*).

Abdhali, c'est assez ! je ne veux plus t'entendre
Me blâmer d'un parti que j'ai cru devoir prendre.

ABDHALI.

Vous agirez, seigneur, dès qu'on m'aura soumis
Tous les renseignements qui me furent promis.

ALAHOR.

Ce délai, trop longtemps me livrant à moi-même,
Ne ferait qu'ajouter à ma souffrance extrême.
Ne plus voir Eginore !... Oh ! quel supplice affreux !
Mon fils, tu vois les pleurs qui roulent dans mes yeux,
Et je suis Alahor, et la douleur m'oppresse !
Indigne musulman, rougis de ta faiblesse....
Mais je ne puis la vaincre et me laisse accabler
Par un chagrin de cœur, moi qui fais tout trembler...
Ah ! pour ne plus rougir, ne songeons qu'à la guerre !
Sais-tu, cher Abdhali, la contenance fière
Qu'ose avoir devant nous ce Pélage orgueilleux
A qui j'avais offert un pardon généreux ?
Il pouvait échapper à mon glaive invincible ;
Accepté librement, le joug est moins pénible ;
L'imprudent s'y refuse et m'appelle aux combats !
Eh bien ! il sentira la vigueur de mon bras !
Pélage gémira sous le poids de sa chaîne.
Pour lui, j'épuiserai les secrets de la haine.
Il ne tenait qu'à lui d'avoir un sort plus doux ;
Mais lui-même provoque et force mon courroux.

ABDHALI.

Eh ! doit-on le juger d'après le vif langage
Qu'inspire la surprise à qui croit qu'on l'outrage ?
Hélas ! qu'il est affreux de se voir condamné
A ramper à jamais sous le joug enchaîné !
Qu'on l'accepte par crainte ou par toute autre cause
Pour paraître odieux, il suffit qu'on l'impose.

Pélage a vu périr des milliers de chrétiens.
Echappé presque seul au massacre des siens,
Laissant à son vainqueur les plaines d'Ibérie,
Il traîne sur les monts une pénible vie ;
Ne peut-il au désert couler ses tristes jours ?
Déjà trop de malheurs en ont flétri le cours.
Pardonnez quelques mots à son âme offensée ;
Tout projet de conquête est loin de sa pensée.

ALAHOR.

Que veulent dire alors ces cris séditieux,
Ces défis insolents, ces armements nombreux ?
Comment justifier les discours, la conduite
De tous les Espagnols qui vont grossir sa suite ?
Et le titre de roi que l'insolent a pris
Annonce des projets depuis longtemps nourris.
Tu dis qu'il a souffert... Je souffre plus encore
Du coup dont m'a frappé la perte d'Eginore.
Quel que soit le chagrin dont il est dévoré,
Aux tourments d'Alahor serait-il comparé ?

ABDHALI.

Toujours du même objet votre âme est obsédée.
Mais vous m'aviez promis d'éloigner cette idée !

ALAHOR.

Eh ! laisse-moi courir dans les champs de l'honneur ;
C'est là qu'est le remède aux tourments de mon cœur.
Pourquoi par tes efforts me fermer la carrière
Où brillent des lauriers qui pourront me distraire ?

Il faut pour m'occuper ou la gloire ou l'amour ;
M'en priver c'est me faire un siècle d'un seul jour.
Je ne puis supporter la perte que j'ai faite
A moins de m'élancer ainsi que la tempête
Qui s'avance terrible et verse à flots pressés
Les torrents désastreux dans ses flancs amassés....
...Mais je ne sais pourquoi Pélage t'intéresse :
De ta mère Eginore aurais-tu la faiblesse ?
Parle, ton cœur surpris aurait-il hérité
De l'amour qu'aux chrétiens elle a toujours porté ?

ABDHALI.

Mais un tel sentiment serait-il condamnable ?

ALAHOR.

Dans le fils d'Alahor il est inexcusable !
Eginore, malgré sa prédilection,
Espagnole et chrétienne, avait droit au pardon.
Mais toi, dont le turban a couronné la tête,
Instruit par mes leçons dans la loi du Prophète,
Toi qui sens bouillonner dans tes veines mon sang,
Qui dois être après moi le rempart du Croissant,
Tu chérirais aussi cette race maudite
Qui blasphème le ciel et sans cesse médite
Le projet criminel de recouvrer les droits
Dont mon glaive vainqueur a dépouillé ses rois ?
J'ai cru devoir d'abord céder à tes instances
Et suspendre un moment le cours de mes vengeances.
Mais alors qu'à dessein il cherche à m'irriter
Tu viens pour l'insolent encor solliciter ?....
Un zèle si constant commence à me surprendre.....

Même un affreux soupçon..... Mais j'ai le droit
                              [d'attendre
Qu'Abdhali, sans détour, m'explique le motif
Qui l'engage à porter un intérêt si vif
Aux ennemis jurés de la loi du Prophète,
A ces roseaux brisés qui relèvent la tête.

ABDHALI.

Mon père, en faut-il d'autre au cœur compatissant
Que le sort malheureux d'un peuple gémissant
Sous un joug qu'imposa le glaive impitoyable
Et que vous allez rendre encor plus déplorable.

ALAHOR.

Ainsi donc à tes yeux ton père est un tyran ?
Si j'avais écouté les conseils d'Alcaman,
L'Espagnol qui possède à lui seul ta tendresse
N'aurait pas si longtemps corrompu ta jeunesse.
Favori d'Eginore, il avait ma faveur ;
Imprudent, je cédais aux désirs de son cœur !
Mais je puis à présent réparer le dommage
Que t'a causé, mon fils, un perfide langage ;
Fernand est seul coupable, et ma juste fureur
Lui fera payer cher ses talents d'imposteur.

ABDHALI.

Il ne mérite pas, seigneur, votre colère :
Sa bouche ne m'apprit qu'à respecter mon père,
A servir le vrai Dieu qui créa l'univers,
A ne jamais marcher dans les sentiers pervers

Qui trompent l'imprudent et mènent aux abîmes.
De pareilles leçons seraient-elles des crimes ?

ALAHOR.

Mais que pense Abdhali du titre de chrétien ?...

ABDHALI.

De grâce, laissez-moi cesser un entretien
Où je serais forcé de tenir un langage
Qui vous pourrait peut-être irriter davantage....
Puis, je crains d'égarer le fil mystérieux
Qui me guide à travers le labyrinthe affreux
Où du monstre déjà j'ai découvert la trace.
J'espère que bientôt sa criminelle audace
Recevra de vos mains un juste châtiment.

ALAHOR.

Un autre aussi mérite un horrible tourment.

(*Abdhali sort.*)

SCÈNE IV.

ALAHOR *seul.*

Mais... est-il un supplice, une gêne capable
De répondre à ma haine à l'égard du coupable,
De punir à mon gré les forfaits inouïs
De ce vil Espagnol, corrupteur de mon fils ?...
Je renie Abdhali, je ne suis plus son père !
Ce n'est plus que le fils d'une esclave étrangère !...

Il trahit le Prophète et je dois le punir.
Le Prophète l'abhorre et je dois le haïr !....
.... Le haïr... Abdhali !.,. l'image d'Eginore
Ah ! malgré ses erreurs, je le chéris encore !
Moi qui lui préparais de si brillants destins...
Hélas ! que la fortune a trompé mes desseins !
Mais comment l'arracher au culte abominable
Qui de me succéder le rendrait incapable ?
Quel parti dois-je prendre ? — Employer tour à tour
La voix de la menace, ou celle de l'amour ?
La menace, eh ! mon fils pourrait-il donc la craindre?
Qu'au sein de ses grandeurs Alahor est à plaindre !
Si, du moins, sur mon sort il pouvait s'attendrir !
Assez d'affreux malheurs sont venus m'assaillir,
Et d'un nouveau tourment mon âme est déchirée !...
Un coup fatal m'enlève une épouse adorée
Sans qu'on ait découvert ni puni l'assassin....
Eh ! qui donc aura pu lui frayer un chemin
Jusqu'au fond du palais où s'est commis le crime ?
Je me rappelle encor les cris de la victime,
Le sang qui, de son sein, ruisselait à grands flots
Et ses yeux presque éteints,— et naguère si beaux,
Se tournant vers son fils et lui faisant comprendre
Qu'il devait me chérir et tâcher de me rendre
Le bonheur dont sa mort allait priver mon cœur...
Eh bien ! ce fils ingrat irrite ma douleur;
Abdhali me délaisse et semble se complaire
A redoubler les traits qui déchirent son père....
... Après tout, un enfant ne pouvait qu'obéir;
Le coupable est Fernand : c'est lui qu'il faut punir;

Il me faut avant tout sa tête criminelle,
Seul moyen d'enrayer la fougue de son zèle.
Oh ! je veux le livrer à des tourments affreux !
Son supplice peut-être ouvrira-t-il les yeux
Que l'erreur a couverts d'un criminel nuage....
Et puis j'irai répondre au défi de Pélage,
Le courber sous le joug dont il a tant d'horreur,
Ou le faire expirer sous mon glaive vainqueur !

ACTE TROISIÈME.

SCÈNE PREMIÈRE.

ALAHOR, ALCAMAN.

ALCAMAN.

Seigneur, l'armée est prête et brûle de combattre,
De rentrer avec vous sur le brillant théâtre
Où l'Espagne nous vit triompher tant de fois !
Allons nous illustrer par de nouveaux exploits,
Et ceindre votre front d'une gloire immortelle !
Il est temps d'avancer ; les troupes du rebelle
Occupent le sommet de l'Auséba voisin...
Mais d'où vient ce silence et ce sombre chagrin ?
Vous songez à l'objet d'une funeste flamme.
Ah ! qu'un plus noble feu s'empare de votre âme !
Voyez l'Espagne entière asservie à vos lois ;
Voyez fuir devant vous les peuples et les rois !
Auriez-vous oublié vos grandes destinées ?
Vous deviez, disiez-vous, franchir les Pyrénées,
Apparaître soudain aux Français étonnés,
A votre char sanglant les traîner enchaînés,
Et, de l'Europe entière achevant la conquête,
Courber tous les chrétiens sous le joug du Prophète.

ALAHOR.

Ce projet, Alcaman, je veux l'exécuter ;
Mais je cherche un supplice et ne peux l'inventer.
Mon cœur, en ce moment, a soif d'une vengeance
Hélas ! qui ne peut qu'être au-dessous de l'offense.
Ne saurais-tu m'aider à trouver un tourment
Egal à la grandeur de mon ressentiment ?

ALCAMAN.

Il faut marcher d'abord et vaincre le coupable.
Ensuite une vengeance à jamais mémorable...

ALAHOR (*vivement*).

Il s'agit, Alcaman, d'un tout autre ennemi :
Tu connais mon amour pour le jeune Abdhali ;
Combien il m'était cher, combien je l'aime encore ?
Il suffit qu'il soit né de ma pauvre Eginore.
Eh bien ! l'affreux malheur que tu m'avais prédit...

ALCAMAN.

J'entends, il est chrétien ?

ALAHOR.

Alcaman, tu l'as dit !

ALCAMAN.

Il portait à Pélage un intérêt si tendre ;
Il craignait tant pour lui !—Vous auriez dû comprendre
Bien plus tôt un malheur que je vous annonçais.

ALAHOR.

Ah ! quand l'amour aveugle, on ne comprend jamais !

ALCAMAN.

Mais vous n'ignorez pas le fauteur d'un tel crime?

ALAHOR.

Sous les pas de mon fils Fernand creusa l'abîme.
Souvent tu l'as nommé...

ALCAMAN.

                              Je le nommais en vain ,
Et vous me remettiez toujours au lendemain.
Lui seul était du trône un conseiller fidèle
Et la cour méprisait les avis que mon zèle
Me portait à donner au sujet d'Abdhali ;
On ne m'écoutait pas. Mais un devoir rempli
Me parut préférable à la faveur insigne
Dont Fernand jouissait et dont j'étais indigne.
Je voulais devenir subalterne tyran,
Et même j'aspirais peut-être au premier rang.
Ma bouche , disait-on , versait la calomnie ;
Mon dévoûment pour vous n'était qu'hypocrisie...
Enfin , vous distinguez le loyal serviteur
De ce vil Espagnol au langage flatteur.

ALAHOR.

Son défaut n'était pas d'encenser mes caprices ;
Souvent même il osa me reprocher des vices.
Je brûlais de punir sa folle liberté ,
Mais tu sais quelle main m'a toujours arrêté.
Par ses airs de candeur Eginore surprise
Appelait ce langage un excès de franchise.

2*

Fernand en profitait, et, gardant un emploi,
Hélas ! que j'aurais dû ne confier qu'à toi,
Il infecta mon fils d'une affreuse doctrine.
Il voulut sourdement préparer la ruine
D'un culte qui déjà domine l'Orient,
Et dont mon glaive enfin va doter l'Occident.

ALCAMAN.

Et vous savez aussi quelle était sa complice ?

ALAHOR.

Que t'importe ? — Dis-moi seulement le supplice
Le plus propre à punir ce Fernand odieux ;
C'est le seul qui soit traître et coupable à mes yeux.

ALCAMAN.

Que ferez-vous, seigneur, si votre fils s'obstine
A se dire chrétien, à chérir la doctrine
Que devrait abhorrer un prince de son rang ?...

ALAHOR.

Ce discours m'importune !... Il s'agit, Alcaman,
D'un châtiment toujours au-dessous de l'outrage,
Et non pas d'une erreur pardonnable au jeune âge.
Je veux que Fernand seul éprouve mon courroux.

ALCAMAN.

Ainsi donc un chrétien doit régner après vous ?

ALAHOR.

Qui te charge, Alcaman, de sonder ma pensée ?
Faut-il que ma grandeur...

ALCAMAN (*à part*).

Ta grandeur est passée !...

ALAHOR.

S'abaisse à rendre compte à l'orgueilleux sujet
Qui voudrait de son maître éventer le secret ?
Depuis quand mes desseins forment-ils ton étude?

ALCAMAN.

Ah! seigneur, pardonnez à ma sollicitude,
A mon zèle sans cesse inquiet pour mon roi,
Un discours que mon cœur...

ALAHOR.

Je saurais bien sans toi
De mon jeune Abdhali préparer la fortune.

ALCAMAN.

(*Bas*) Va, je me vengerai!... (*Haut*) Ma voix est im-
[portune,
Seigneur, je le confesse, et quoique innocemment,
J'aurai pu vous blesser par trop d'empressement,
Je demande pardon d'un discours téméraire,
Et de vos pieds sacrés je baise la poussière.
Me trouvez-vous, bon maître, assez humilié ?

ALAHOR.

Lève-toi !

ALCAMAN.

Mais, seigneur, auriez-vous oublié
Le crime de Fernand et la juste vengeance...?

ALAHOR (*brusquement*).

Non, j'y songeais. Hé bien ! que ferons-nous?

ALCAMAN.

Je pense

Qu'il faut que sur-le-champ il meure sous vos yeux.
Un ennemi vivant est toujours dangereux.
Le perdre avec les siens, c'est le devoir d'un sage !
Il faut ensevelir dans le même naufrage
Navire, agrès, pilote et tous ceux dont l'effort
Seconde son ardeur pour regagner le port.
Tout autre châtiment serait mesquin, vulgaire ;
Il en faut un qui soit digne de la colère
Qu'excite justement sa noire trahison...
Et puis, retenez bien, seigneur, cette leçon :
Pour se venger d'un homme on punit ce qu'il aime.
J'ai depuis quelque temps adopté ce système :
Je le crois le meilleur, et du moins jusqu'ici
Ce moyen de mon choix m'a toujours réussi.
J'ai satisfait déjà la haine violente
Que m'inspirait quelqu'un...

ALAHOR (*à part*).

Ce sang-froid m'épouvante !

ALCAMAN (*continuant*).

Quand on n'a pas la force, à la ruse on recourt :
Moyen plus assuré, s'il n'est pas le plus court.
C'est ainsi que parfois j'emporte les barrières
Que dressent devant moi d'imprudents adversaires
Le péril est moins grand, le plaisir est égal.

SCÈNE II.

LES MÊMES, ABDHALI.

ABDHALI (*à Alcaman*).

Oui, monstre, c'est bien là ton système infernal.
Va, j'ai tout entendu ; je connais ta doctrine ;
Tu ne braveras plus la justice divine :
Elle a rendu patents tes horribles forfaits.
Dis-moi dans quel enfer tu trames tes projets?
Quel horrible démon t'enseigna sa manière
De commettre le crime et d'infecter la terre ?
Mais l'enfer t'eût donné des préceptes trop doux;
Un enfer plus savant, c'est le cœur d'un jaloux.
Oui, c'est là qu'ont mûri les poisons que tu lances;
Oui, c'est là le foyer de tes lâches vengeances !
Pour tâcher de gravir où s'adressaient tes pas ,
Tu t'es fait un degré qu'on ne soupçonnait pas.
Faut-il te rappeler le nom de la victime ?
Ah !... je te vois pâlir... ton front trahit ton crime !

ALAHOR.

Alcaman , si j'en crois certain pressentiment.

ALCAMAN.

C'est un chrétien qui parle. Attendez un moment.
Je reviendrai, seigneur, prouver mon innocence.

ABDHALI.

Ah ! c'est mettre le comble au crime , à l'impudence !

ALCAMAN.

Ce discours, c'est Fernand, seigneur, qui l'a dicté.

ALAHOR.

Et cependant tu pars sans l'avoir réfuté.

ALCAMAN.

L'Espagnol doit paraître avant que je réponde.
Il faut vous éclairer, il faut que je confonde
Ces infâmes chrétiens soulevés contre moi,
Et montrer qui de nous est fidèle à son roi.

(*Il sort.*)

SCÈNE III.

ALAHOR, ABDHALI.

ABDALHI.

Je reste confondu de tant d'effronterie !

ALAHOR.

Tout doit donc aujourd'hui provoquer ma furie?
Que penser ? Où courir? Que faire? Mon palais
Est le sombre atelier des plus hideux forfaits.
Ne pourrai-je jamais me venger à mon aise,
Et jeter loin de moi ce fardeau qui me pèse?
Le vaincu de Xérès, un esclave échappé,
Oubliant la vigueur du bras qui l'a frappé,
Se livre aux vains accès d'une folle jactance;
Et quand soudain j'accours punir son insolence,

On m'apprend qu'Abdhali suit un culte imposteur ;
Qu'il trahit le Prophète, — et pour comble d'horreur
Celui de mes sujets montrant le plus de zèle
A servir mes desseins , à venger ma querelle ;
Se trouve sous le poids d'un horrible soupçon....
Ton discours n'est-il point une affreuse leçon
Que tu devrais encore à cette bouche impure
Qui déjà malgré moi t'enseigna l'imposture ?
Quel est donc ce mystère où ma raison se perd ?
Alcaman.... l'assassin !... qui donc l'a découve..?

ABDHALI.

Vous l'avez vu pâlir, et vous doutez encore
Qu'Alcaman soit l'auteur du meurtre d'Eginore ?
Ses discours, son départ, son regard irrité
Ne vous disent-ils pas l'affreuse vérité ?
N'a-t-il pas devant vous déroulé son système ?
Vous étiez interdit et frissonniez vous-même
En voyant le sang-froid que mettait l'insolent
A vanter devant vous son horrible talent.
Croyez-vous qu'un tel monstre à l'humeur irritable
Ait pu voir sans frémir l'obstacle insurmontable
Qu'Eginore mettait à son désir ardent
De chasser du palais le vertueux Fernand ?
Vous savez les ressorts que fit jouer sa haine
Pour tâcher de ravir votre cœur à la reine.
Jaloux de s'emparer ensuite d'un crédit
Dont Fernand jouissait à la cour, en dépit
Des efforts criminels d'une ignoble cabale,
Ma mère triomphait de la ligue infernale.

Le serpent vers le trône avait beau se rouler :
A l'aspect d'Eginore, il fallait reculer ;
Et sans pouvoir jamais franchir cette barrière,
Il lui fallait toujours ramper dans sa poussière.
mais un ambitieux ne s'arrête jamais :
La bassesse impuissante invoque les forfaits ;
Pour exclure Fernand et s'asseoir à sa place,
Il lui fallait avoir la criminelle audace
De fouler un cadavre.... Alcaman l'a foulé !...
Aussitôt à la cour il s'est vu rappelé ;
Il flatte vos penchants, il vous pousse à la guerre.
Il craindrait que la paix ne trahît le mystère
Dont il enveloppa son horrible forfait.
Peut-être aussi croit-il son ouvrage imparfait.
S'il a pu diriger une main forcenée ;
S'il a pu sans remords trancher la destinée
De celle qui mettait obstacle à tous ses vœux,
Croyez-vous qu'il n'a pas d'autres desseins affreux ?
On ne s'arrête pas dans la route du crime ;
Un abîme toujours appelle un autre abîme ;
Un premier sang versé lui vaut le second rang ;
Pour monter au premier, il faut un autre sang !

ALAHOR.

Le voile se déchire, un jour fatal m'éclaire !
Epoux infortuné ! trop infortuné père !
Tous les liens chéris qui faisaient mon bonheur
Se changent en serpents qui me mordent au cœur.
O douleur ! sous ton poids je sens que je succombe ;
Je sens qu'un bras d'airain me courbe vers la tombe.

J'invoque le seul Dieu qui reste aux malheureux :
Désespoir, couvre-moi d'un voile ténébreux
Qui me dérobe au monde et me cache à moi-même !
Tout me trompe et me hait... (*il tire son glaive*).

ABDHALI (*l'arrêtant*).

Mais votre fils vous aime !...
Vivez pour Abdhali...

ALAHOR.

Mon fils ne m'est plus rien
Si le Dieu qu'il adore est le Dieu d'un chrétien.
Tu n'as pu te vouer au culte qui t'enchaîne
Sans jurer à ta race une éternelle haine.

ABDHALI.

La loi qu'on m'enseigna condamne ces fureurs,
C'est une loi d'amour qui rapproche les cœurs.
Je vous aime toujours, — il n'est que l'imposture
Qui commande l'oubli des droits de la nature.

ALAHOR.

Abdhali m'aime encor ?

ABDHALI.

Ai-je donc mérité
Qu'un tel doute un moment vous ait inquiété ?
Si je vous aime, ô Dieu ! Vous pensiez donc, mon
Que j'avais oublié les ordres que ma mère   [père,
Me donnait en mourant de toujours vous chérir ?...
« Sois soumis à ton père, et tâche d'adoucir

3

« Les tourments dont ma mort va déchirer son âme»,
Disait-elle. « Ah ! qu'il puisse, affranchi de la flamme
« Que la triste Eginore alluma dans son cœur.....»

ALAHOR (*l'interrompant*).

Cesse, cher Abdhali, d'irriter ma douleur.
Je sens mieux que jamais la grandeur de ma perte ;
Oui, je souffre encor plus depuis la découverte
De l'infâme assassin qui lui ravit le jour.
Il n'échappera pas, le monstre aura son tour....
Il faut que sur-le-champ je me fasse justice ;
Il me faut avant tout jouir de son supplice !

SCÈNE IV.

LES MÊMES. — MUZA.

MUZA.

Le bruit le plus étrange agite les esprits.
Il paraît qu'Alcaman, seigneur, aurait commis
Le crime que voilait un horrible mystère ;
Même on a vu celui dont l'affreux ministère
A servi sa fureur, tremblant, désespéré,
Ne sachant où s'enfuir, de remords déchiré,
Se donner le trépas par crainte du supplice...
Je viens vous demander s'il faut qu'on le saisisse.

ALAHOR.

S'il le faut ! malheureux ! Tu devais l'enchaîner,
Et même sans mon ordre à mes pieds le traîner...
Oh ! que je vais jouir en tournant mon épée
Dans son sang criminel mille fois retrempée !.
(*Muza sort.*)

SCÈNE V.

ALAHOR, ABDHALI.

ALAHOR.

Mais un autre bonheur que tu peux m'accorder
Et qu'au nom du cœur seul je veux te demander,
Cher et tendre Abdhali, serait de te soustraire
A ce culte étranger, odieux à ton père.
Si tu m'aimes vraiment, peux-tu désobéir?
Peux-tu me refuser cet unique plaisir
Qu'un père infortuné de ton cœur sollicite?

ABDHALI.

Je ne puis embrasser votre culte illicite.

ALAHOR.

Et tu m'aimes, dis-tu?

ABDHALI.

                    Mon Dieu, secourez-moi
Dans le pressant danger que va courir ma foi!

ALAHOR.

Mais tu ne sais donc pas que pour ceindre ta tête
De l'éclatant bandeau que mon glaive t'apprête,
Il te faut adopter la loi de Mahomet :
C'est la condition que l'Alcoran y met,
Et puis j'agrandirai ton brillant diadème;
Je veux te voir puissant, plus puissant que moi-mê-
                                              [me.

Ton règne s'étendra du Sud à l'Aquilon ;
L'Espagne ne sera que le moindre fleuron
De ceux que je veux joindre à ta belle couronne.
Mais il faut adopter un culte que t'ordonne
Ta naissance et qu'impose une immuable loi.

ABDHALI.

De semblables honneurs ne sont plus faits pour moi.
Après l'horrible coup qui m'a ravi ma mère,
La coupe de la vie à ma lèvre est amère ;
Mes soleils sont voilés ; il n'est plus de bonheur
Qui puisse désormais faire battre mon cœur,
Et quoique jeune encor, je vois s'ouvrir ma tombe.
Quand l'arbre est renversé, la fleur pâlit et tombe.
D'ailleurs si je devais couler de nombreux jours,
Sur la loi de mon Dieu j'en règlerais le cours.
Si jamais Abdhali te doit être infidèle,
Si jamais, ô mon Dieu, ma langue criminelle
Doit dire : honneur, amour, à tout autre qu'à toi ;
Si je dois me soustraire au saint joug de ta loi,
Rappelle dans ton sein mon âme pure encore
Et telle que souvent te l'offrit Eginore,
Quand sa main me guidait aux pieds du saint autel
Où j'appris à bénir le nom de l'Eternel !

ALAHOR.

Oui, c'est là que Fernand t'enseignait ses mystères
Au mépris solennel de mes ordres sévères.
Je saurai lui payer ce noble dévoûment.

ABDHALI.

Quiconque a le cœur pur se rit du châtiment.

ALAHOR.

Aux ordres de son prince on doit obéissance.

ABDHALI.

Jamais l'homme d'honneur ne vend sa conscience.

ALAHOR.

Ainsi donc, Abdhali, le beau titre de roi
Que tout grand cœur envie est sans charme pour toi?...

ABDHALI.

Le titre de chrétien est cent fois préférable

ALAHOR.

Ton obstination va te rendre coupable,
J'ai droit de commander, et tu dois obéir.

ABDHALI.

Mon père, je le sais; mais je ne puis trahir
Un roi plus grand que vous. Il est aussi mon père.

ALAHOR.

Eh! quoi, tu ne crains pas d'irriter ma colère?

ABDHALI.

Disposez de mon sort, il est entre vos mains.

ALAHOR.

Tu n'as pas un regret pour tes brillants destins?

ABDHALI.

Mon Dieu me le défend; j'en fais le sacrifice,
Et suis prêt, s'il le faut, à marcher au supplice.

ALAHOR.

Oh ! chagrins dévorants ! indicibles douleurs !
Continue, Abdhali, d'augmenter les horreurs
Dont le destin se plaît à surcharger ma tête !
Courage, et garde-toi de laisser imparfaite
Une œuvre qu'un bon fils doit toujours terminer,
Une œuvre qu'aujourd'hui ta main va couronner !
Abdhali, tu fais bien d'élargir ma blessure ;
Fais-la saigner encor.

ABDHALI.

                Des tourments que j'endure,
Anges des cieux, venez diminuer le poids !

ALAHOR.

De mon glaive ou du tien tu peux faire le choix,
Tiens, voici mon cœur. Frappe et finis la souffrance
D'un père infortuné qui maudit l'existence.

ABDHALI.

Punissez votre fils, mais ne l'outragez pas.

ALAHOR.

Suis-je enfin descendu, sort cruel, assez bas ?
Je n'ai plus d'Abdhali, je n'ai plus d'Eginore.
Qu'ai-je à faire ici-bas ? Que puis-je aimer encore...
Je me trompe ! il me reste à goûter un plaisir,
Celui de la vengeance, et je cours en jouir.

SCÈNE VI.

LES MÊMES, WITIZA.

WITIZA.

Seigneur, les Espagnols nous prodiguent l'outrage;
Ils disent qu'Alahor n'ose affronter Pélage;
Que le Maure tremblant sacrifie à la peur.

ALAHOR.

Ils n'accuseront pas mon glaive de lenteur
Quand il moissonnera sur le champ de bataille;
Mais je veux m'acquitter d'un soin qui me travaille.
J'ai d'autres ennemis qu'il faut exterminer.
Allez, et qu'on se hâte ici de m'amener
Alcaman et Fernand, l'assassin et le traître!

ABDHALI.

Grand Dieu, sauvez les jours de mon vertueux maître!

SCÈNE VII.

ABDHALI, ALAHOR.

ALAHOR.

Je suis impatient de les punir tous deux!
O vengeance! ô fureur, plaisir délicieux!

ABDHALI.

Mon père, de Fernand j'ai partagé le crime:
Faites-moi sous vos coups tomber aussi victime.

ALAHOR (*se parlant à lui-même*).

Non, non, ce n'est pas lui qui périra d'abord ;
Alcaman n'aura pas le plaisir de sa mort.

ABDHALI.

J'aperçois dans les cieux briller une couronne,
Puissé-je conquérir le trépas qui la donne !
Un ange radieux la balance à sa main,
C'est ma mère !... Ô mon Dieu, que je vole en son
[sein !

ALAHOR.

D'où vient que ces accents à ma haine implacable
Font succéder un trouble...

SCÈNE VIII.

LES MÊMES, MUZA.

MUZA.

A son crime exécrable
Il vient d'en joindre un autre : il marche contre vous.

ALAHOR.

Alcaman ?...

MUZA.

Oui, seigneur.

ALAHOR.

Tant mieux pour mon courroux !
C'est le seul aliment qui manquait à ma rage.

MUZA.

Fernand (qui l'aurait cru ?) s'oppose à son passage,
A la tête d'un corps qui marchait pour trahir !
Oui, Fernand le chrétien s'élance et fait rougir
Les soldats mutinés par les discours du traître.
Rentrés dans le devoir, ils défendent leur maître,
Et vont par la victoire effacer leur forfait.
Ce prodige, seigneur, c'est Fernand qui l'a fait.

ABDHALI.

Les chrétiens, voyez-vous, sont des sujets fidèles :
Leur drapeau n'est jamais le drapeau des rebelles !

ALAHOR.

Eh bien ! marche, Abdhali ; vas seconder Fernand,
Et ramène enchaîné l'odieux Alcaman.

ABDHALI.

Je puis combattre enfin dans une juste guerre,
Et sans trahir le Christ obéir à mon père.

ALAHOR.

Je me suis retrouvé dans mon jeune Abdhali.
Va, marche au combat ; mais ne mets pas en oubli
Que pour rendre à mes yeux ta victoire complète,
Il faudra t'incliner aux autels du Prophète.

ABDHALI.

Vous me verrez fidèle au devoir, à l'honneur.
Marchons !   (Ils sortent excepté Alahor.)

SCÈNE IX.

ALAHOR (*seul*).

Et moi je vais à ma juste fureur
Immoler l'Espagnol dont l'insolente audace
Osa contre Alahor murmurer la menace.
Je vais briser Pélage, appui des révoltés,
Et river sur leurs bras les fers qu'ils ont jetés !

ACTE QUATRIÈME.

SCÈNE PREMIÈRE.

ABDHALI, WITIZA.

ABDHALI.

Et mon père a, dis-tu, lutté contre Pélage?

WITIZA.

Qu'il était beau, seigneur, d'admirer le courage
Dont les deux combattants paraissaient transportés !
Sous les terribles coups qu'Alahor a portés ;
Tout autre que Pélage aurait perdu la vie.
Tous deux l'épée en main, d'une égale furie
Au sein des rangs ouverts ont longtemps combattu,
Sans paraître jamais l'un ou l'autre abattu.
Des deux peuples l'heureuse ou triste destinée,
Au bras de ces héros se trouvant enchaînée
Selon que la victoire inclinait ses faveurs,
Un frisson dilatait ou resserrait nos cœurs.
L'œil ardent et fixé sur la sanglante arène,
Les soldats en suspens ne respiraient qu'à peine,
Quand tout à coup le bruit se répand parmi nous
Que l'infâme Alcaman expiré sous vos coups,

A de ses noirs forfaits reçu la récompense.
Ces cris victorieux doublent l'impatience
Dont les Maures brûlaient de voler au combat,
Rien ne peut désormais retenir le soldat :
Tout s'ébranle à la fois et s'élance au carnage ;
La tourbe frémissante a fondu sur Pélage ;
Mais ce guerrier l'attend sans reculer d'un pas.
Peut-être est-il tombé victime du trépas
Avant que les chrétiens aient ressaisi le glaive.

ABDHALI.

Et mon père a souffert qu'on violât la trève,
Qui laissait aux deux rois, intrépides héros,
Le soin de décider la victoire en champ clos ?

WITIZA.

Les nuages épais qui dominaient la plaine,
Et d'horribles vapeurs se mêlant à l'haleine
Des coursiers haletants, des bataillons pressés,
Tantôt victorieux et tantôt repoussés,
M'ont soudain dérobé cette scène sanglante.
Mais je crois que le sort a servi notre attente...
D'ailleurs j'ai dû quitter ce spectacle émouvant
Par ordre d'Alahor qui me renvoie au camp
Pour apprendre de vous le succès de vos armes,
Et s'affranchir ainsi des pénibles alarmes
Qu'inspirait à son cœur la grandeur du danger
Qu'il vous fallut courir afin de le venger.
Je vous trouve vainqueur, et j'apprends des merveilles
Qui vont de votre père enchanter les oreilles.
Moins fier de ses exploits que de votre valeur...

ABDHALI.

Ces grands mots, Witiza, ne sont pas le bonheur !

WITIZA.

Et pourquoi ces soupirs au jour où la victoire
A celle d'Alahor égale votre gloire ?
Eginore est vengée, Alcaman est tombé ;
Sous vos coups triomphants le monstre a succombé.
Des plus brillants lauriers vous ceignez votre tête,
Tandis que votre père achève la conquête
D'un pays trop longtemps rebelle à son vainqueur.

ABDHALI.

Et voilà le sujet de ma juste douleur !
Je ne le cache plus, ma mère était chétienne ;
Son Dieu devint mon Dieu, sa foi devint la mienne ;
Et tu crois qu'un chrétien pourra voir sans gémir
Le culte du vrai Dieu dans l'Espagne périr ?

WITIZA.

Pourquoi vous occuper d'un soin si chimérique ?
Le culte va toujours après la politique.
Vous devez comme nous encenser Mahomet.
Quand il s'agit du trône, à tout on se soumet.

ABDHALI.

Mais peut-on l'acheter s'il doit coûter un crime ?

WITIZA.

L'intérêt avant tout ; c'est la grande maxime
Que, sans en convenir, pratiquent les grands rois.

ABDHALI.

La conscience crie.

WITIZA.

Ils sont sourds à sa voix!
L'écho de Dieu s'éteint quand on gravit le trône.
La vertu n'est qu'un mot que vainement on prône ;
On la laisse aux sujets, aux peuples malheureux ;
Et le crime est un droit qu'ils réservent pour eux.
C'est qu'ils conçoivent bien le prix du diadème :
La couronne, à leurs yeux, c'est l'idole suprême ;
Et pour la conserver que de prudents secrets !
Sachez aussi comprendre un peu vos intérêts ;
Sachez vous affranchir d'un funeste scrupule ;
Laissez là les avis d'une mère crédule.
Sans doute on doit chérir qui nous donna le jour ;
Mais la mort d'Alcaman acquitte votre amour.
Je conçois vos chagrins, Eginore vivante,
Sur le cœur de son fils une mère est puissante.
Vous deviez la venger, ce devoir est rempli ;
Maintenant ne songez qu'à la mettre en oubli.
Il faut que d'autres soins s'emparent de votre âme,
Et l'amour des grandeurs est la nouvelle flamme
Dont le cœur d'Abdhali doit brûler désormais.

ABDHALI.

Ah ! tu sais avec art déguiser les forfaits,
Et quelqu'un t'a chargé sans doute de m'instruire.
C'est là le vrai motif qui vient de te conduire
Au camp où l'on t'a dit que j'allais revenir.

WITIZA.

Oui, je serais heureux de pouvoir prévenir
Les terribles effets de la juste colère
Qui doit à son retour enflammer votre père.
En retrouvant son fils opiniâtre chrétien,
Peut-être oubliera-t-il jusqu'au sacré lien
Qu'entre un père et son fils a placé la nature.
Tâchez de concevoir la grandeur de l'injure,
Que ferait à son cœur l'insensible Abdhali.
Au lieu d'aller flétrir le beau laurier cueilli
Dans le brillant combat, prince, où votre vaillance,
De ses admirateurs surpassa l'espérance,
Ne vaudrait-il pas mieux avec moi s'avancer
Au-devant du héros qui vient vous embrasser,
Et partageant son culte et rival de sa gloire,
Aller au même temple encenser la victoire?

ABDHALI.

Le crime est toujours crime, en dépit des couleurs
Dont voudraient l'embellir tes discours imposteurs,
Et l'on doit abhorrer le système hypocrite
Dont tu dis qu'un grand roi doit se faire un mérite.
Un prince qui ne peut dominer qu'à ce prix
Au lieu de nos respects mérite nos mépris.
Peut-être, Witiza, ce langage t'étonne,
Et tu prises bien haut l'éclat d'une couronne;
Mais si tu la voyais avec des yeux chrétiens,
Tes sentiments seraient les mêmes que les miens....
D'ailleurs, on peut régner avec d'autres maximes :
Un roi n'est pas toujours escorté par les crimes,

Et nous en connaissons qui, sans y recourir,
Savent régner pourtant et se faire obéir.
L'amour de leurs sujets, voilà leur seule intrigue ;
Tel est le successeur du malheureux Rodrigue.
L'amour des Espagnols lui valut son pouvoir,
Sur le trône leurs vœux l'ont forcé de s'asseoir.
Si je devais un jour régner après mon père,
Je voudrais pour modèle un roi si populaire.
Ceux qui souffrent seraient mes plus chers favoris ;
Tous ceux que de son lait la patrie a nourris
Verraient en moi leur père encor plus que leur maître.
Un roi doit le savoir, Dieu ne l'a pas fait naître
Pour imposer le joug à cent peuples divers.
Dieu fit la liberté, — l'homme inventa les fers !

WITIZA.

Je reconnais en vous un prince magnanime.
Oui, vous méritez bien et l'amour et l'estime
Que vos belles vertus vous ont fait accorder ;
Oui, vous êtes bien digne un jour de commander
Aux peuples de l'Espagne à vos lois enchaînée.
Quel brillant avenir ! Mais cette destinée
Ne saurait s'allier au titre de chrétien.

ABDHALI.

Et ce titre, pourtant, sera toujours le mien,
Quoi donc ! tu prétendrais me décider à faire
Ce que j'ai cru devoir refuser à mon père ?
Me rendre à tes discours, c'est outrager son cœur.

WITIZA. —

On n'outrage personne en quittant une erreur.

ABDHALI.

La vérité mérite un éternel hommage.

WITIZA.

D'aucun homme ici-bas elle n'est le partage,
Et les religions des prophètes divers
Qui se sont partagés ce crédule univers
Ne sont que des filets tramés par l'imposture.

ABDHALI.

Il en est, j'en conviens, dont la source est impure ;
Mais ne va pas confondre avec un imposteur
Celui que les Chrétiens ont nommé leur Sauveur,
Et distingue avec moi le vrai du faux prophète.
— Guerrier sombre et cruel, l'un s'avance à la tête
De barbares soldats qu'il a fanatisés
Et plante le Croissant sur les trônes brisés.
Le glaive est son ministre et lui fraye un passage,
Et c'est au nom du ciel qu'il sème le carnage ;
Pour enchaîner le monde à son culte nouveau,
De quiconque résiste il se fait le bourreau.
Tantôt brille en ses mains la coupe enchanteresse
Des plaisirs séduisants dont il promet l'ivresse
Aux cœurs passionnés des fils de l'Orient :
C'est le dieu du bonheur au front tendre et riant.
Des bosquets enchanteurs deviendront le partage
Du fidèle croyant docile à son langage.
La molle volupté parfume ses discours :
Des rivages fleuris, d'éternelles amours,
Voilà ce qu'il promet à ses sujets avides.
Tantôt sombre et roulant ses prunelles livides

3*

Dans l'orbite enfoncé d'où partent des éclairs,
Il s'élance en criant : Le trépas ou mes fers!..
Non , non, ce n'est pas là la voix douce et sereine
De l'adorable objet de notre foi chrétienne;
Le Dieu vrai, le Dieu bon, sensible à nos malheurs,
Et devenu lui-même un homme de douleurs
Se plaît à visiter les plus humbles chaumières;
Il ne veut ignorer aucune des misères
Dont le pauvre est victime au fond de son réduit.
Il va faisant le bien ; il console, il instruit :
« Aimez-vous, pardonnez, votre ennemi lui-même
« A droit à votre amour du moment que je l'aime :
« Vous souffrez.. mais voyez, je porte aussi ma croix,
« C'est l'étendard royal dont mon cœur a fait choix. »
Sa voix sur les tombeaux fait fleurir l'espérance;
Il aime à s'entourer d'un cercle d'innocence;
Il sourit à l'enfant, il chérit sa candeur;
« Quiconque lui ressemble est l'ami du Seigneur. »
Mon Dieu s'est révélé dans ce touchant langage.
On doit plaindre qui cherche un autre témoignage
A côté de sa croix, soleil du genre humain,
Tôt ou tard pâlira le croissant inhumain.
Pèse les actions, compare les doctrines :
L'un, torrent orageux entasse les ruines ;
Sur sa route s'élève un long cri de douleur;
L'autre, fleuve paisible, avance ; et le bonheur
Epanouit les fronts où siégeait la souffrance.
Mahomet sur l'autel a placé la vengeance;
Aux mains de ses bourreaux Jésus s'abandonnant
Ne sait que les bénir et meurt en pardonnant.

WITIZA.

La doctrine du Christ est vraiment admirable
A tout autre ; sa loi me paraît préférable
Et je la choisirais si je pouvais choisir ;
Mais Alahor commande et je dois obéir.

ABDHALI.

Les princes n'ont pas droit d'imposer leurs croyances ;
Dieu seul a droit de lire au fond des consciences,
Et le compte à Dieu seul doit en être rendu.

WITIZA.

Ainsi de vous gagner tout espoir est perdu ?
Au reste, ce refus n'a rien qui me surprenne :
Je connais les fureurs de la secte chrétienne.
Rien ne peut dissiper, — intérêt, ni raison —
Le nuage sanglant qui monte à l'horizon.
D'un plus puissant que moi peut-être le langage
Sur le cœur du rebelle agira davantage.

(Il sort.)

SCÈNE II.

ABDHALI.

Mon Dieu ! de ces combats quand finira le cours ?
Je suis jeune et je pleure et je compte mes jours,
Qu'ils me semblent nombreux ! nombreux ! et c'est
[à l'âge
Où les chagrins ne sont qu'un passager nuage
Qui des tendres enfants trouble à peine les jeux.
Hélas, et je suis né pour être malheureux !

Quand j'ai pu la connaître et sourire à ma mère,
J'ai découvert des pleurs qui mouillaient sa paupière.
Au comble des honneurs ma mère gémissait :
Un cruel souvenir toujours lui retraçait
Les malheurs de Sion, malheurs de sa patrie,
Et quand pour la tirer de sa mélancolie
De mes bras enfantins je voulais l'enlacer,
Je me sentais parfois doucement repousser.
Puis me tendant les siens avec un doux sourire,
Me pressant sur son cœur elle semblait me dire :
« Bientôt, cher Abdhali, tu seras orphelin »,
Et de pleurs plus amers elle inondait son sein.
« Au moins, me disait-elle, ah ! promets à ta mère
« Que toujours du vrai Dieu la foi te sera chère ;
« Je pourrai te revoir au céleste séjour,
« Les promesses du Christ éternisent l'amour. »
Oui, je le jure encore, je lui serai fidèle !
Il me faut soutenir une lutte cruelle ;
Mais je triompherai si, des divins parvis,
Tu daignes abaisser un regard sur ton fils.
De ses chaînes alors mon âme délivrée
Volera s'enivrer à la coupe sacrée ;
J'irai me reposer sur ton sein maternel ;
Ma voix avec ta voix bénira l'Eternel.

SCÈNE III.

ABDHALI, FERNAND.

ABDHALI. —

Fernand, je t'attendais avec impatience.

FERNAND.

Ah ! vous ne deviez pas désirer ma présence,
Mes discours ne pourront qu'affliger votre cœur.

ABDHALI.

Parle sans hésiter. J'ai prévu mon malheur.
Tu ne peux m'annoncer qu'une triste nouvelle
Quel que soit le succès d'une guerre cruelle,
Si l'Espagnol triomphe, Abdhali gémira ;
La honte d'Alahor sur lui rejaillira ;
Si Pélage est vaincu je dois pleurer mes frères
Accablés sous le joug des Maures sanguinaires.

FERNAND.

Hé bien ! pleurez, seigneur : Pélage est dans les fers.

ABDHÁLI.

N'avoir pu prévenir un si cruel revers !

FERNAND.

Seigneur, vous avez fait tout ce que l'on peut faire
Pour éteindre les feux d'une fatale guerre,
Et vous ne devez pas regretter vos efforts.
La douleur pèse moins quand elle est sans remords.

ABDHALI.

Que votre bras, grand Dieu, détourne la tempête
Qui d'un funeste coup va menacer sa tête !

FERNAND.

Seigneur, éloignons-nous, Alahor va venir,
Son captif le suivra ; — pourrions-nous soutenir
L'aspect d'un roi chrétien gémissant dans les chaînes?

ABDHALI.

Nous pourrions en restant compatir à ses peines.

FERNAND.

Notre intérêt pour lui ne ferait qu'augmenter
Un courroux trop facile, hélas! à s'irriter.
Sortez, cher Abdhali, croyez-en ma prudence.

(*Ils sortent.*)

SCÈNE IV.

ALAHOR (*seul*).

Je te savoure enfin, plaisir de la vengeance!
A mon cœur ulcéré tu verses le bonheur.
Oui, je sens s'alléger le poids de ma douleur.
Éginore, il est vrai, pour toujours m'est ravie....
Elle était un ombrage au chemin de ma vie.
J'aimais à m'enivrer de son regard si doux;
Sa voix allait si bien au cœur de son époux!
Son souffle était si frais à ma lèvre brûlante....
Alcaman!... — ô pensée amère et déchirante —
M'a ravi ma colombe... Au moins il est tombé;
Sous les coups d'Abdhali le monstre a succombé.
Ah! j'aurais préféré l'exterminer moi-même;
J'aurais voulu jouir de son instant suprême,
Et mon glaive cent fois replongé dans son sein
Aurait cent fois rougi du sang de l'assassin!...
Mais un autre insolent provoquait mon épée,
Son espoir criminel, son audace est trompée.

Je suis victorieux et je vais aujourd'hui
A tous les révoltés ravir leur frêle appui.
Il faut porter un coup qui pour jamais les brise.
Il est là.... je l'attends. Gardes, qu'on l'introduise !

SCÈNE V.

LE MÊME, PÉLAGE *enchaîné*, GARDES.

ALAHOR.

Eh bien ! chef orgueilleux de la rébellion,
Te voilà dans mes fers !

PÉLAGE.

Grâce à la trahison.

ALAHOR.

Il est vrai que la lutte a prouvé ton courage;
Mais cependant....

PÉLAGE.

Hélas !

ALAHOR.

Quoi ! tu trembles, Pélage?

PÉLAGE.

Tu peux t'en assurer; mets ta main sur mon cœur.

ALAHOR.

Esclave révolté, reconnais ton vainqueur.

PÉLAGE.

Esclave révolté !... Mon front fut toujours vierge
Jusqu'à ce triste jour des traces de ta verge.

ALAHOR.

Mais nous voyons enfin ton orgueil abaissé.
Pélage est dans les fers, Pélage est terrassé !

PÉLAGE.

Je n'ai point à rougir : ma conscience est pure,
Mon bras n'a pas failli. Tu ne dois qu'au parjure
Ta victoire, et lui seul a forgé mes liens.

ALAHOR.

Eh bien ! va maintenant exciter les chrétiens
A secouer le joug qui pèse sur leurs têtes ;
Irrite les esprits, déchaîne les tempêtes,
Tu vois ce que l'on gagne à braver son vainqueur.

PÉLAGE.

Au lieu de m'insulter, rougis de mon malheur.
Je suis loin d'envier tes palmes criminelles,
Et pour parer mon front j'en voudrais de plus belles.

ALAHOR.

As-tu donc oublié que je suis Alahor ?

PÉLAGE.

Non, mais je sais quelqu'un de plus puissant encor.

ALAHOR.

Pélage, ne crains rien ; ton châtiment s'apprête.
Tu demandes la mort, je cède à ta requête ;
Mais j'ai certain plaisir à t'entendre parler.
La haine te fatigue et tu peux l'exhaler !
Oui, ton dépit m'inspire une secrète joie !

PÉLAGE.

Le tigre en fait autant : il joue avec sa proie.
Alahor profita des leçons d'Alcaman,
Il sait bien raffiner les plaisirs d'un tyran.

ALAHOR.

D'un tyran et d'un roi quelle est la différence ?

PÉLAGE.

Un roi c'est pour le peuple une autre Providence,
La source d'où jaillit un fleuve de bonheur.
Un tyran pour le peuple est l'hyène en fureur,
Un marteau qui toujours se relève et retombe ;
C'est le serpent qui veille au nid de la colombe ;
Si, parfois moins avide, il semble sommeiller,
Un horrible appétit va bientôt l'éveiller.
Il se roule en sifflant, s'élance sur sa proie ;
Il aime à déchirer, et le sang fait sa joie ;
Et pour dépeindre enfin le tyran d'un seul trait,
Il aime tout plaisir qu'assaisonne un forfait.

ALAHOR.

Ces discours à la fin lassent ma patience !

PÉLAGE.

Va, je suis prêt, tu peux assouvir ta vengeance.

ALAHOR (*tirant son glaive*).

Eh bien ! reçois !

4

SCÈNE VI.

LES MÊMES, ABDHALI.

ABDHALI (*saisissant le bras de son père*).

Mon père, ah! suspendez vos coups!
Me verriez-vous en vain embrasser vos genoux?

ALAHOR.

Je crois voir à mes pieds pleurer mon Eginore.

(*Il le relève.*)

ABDHALI.

Hé bien! c'est en son nom, mon père, que j'implore
Le salut d'un héros, le salut d'un grand roi!

PÉLAGE.

D'où vient, jeune guerrier, tant d'intérêt pour moi?

ALAHOR (*avec amertume*).

Ah! c'est qu'il est imbu de tes fausses doctrines.

PÉLAGE.

C'est un lis fleurissant au milieu des épines.

SCÈNE VII.

LES MÊMES, WITIZA.

WITIZA.

Le combat se rallume, et de nombreux renforts
A ceux des Espagnols ont uni leurs efforts.
Favila les commande et vient venger son père.

PÉLAGE.

Anges saints , protégez une tête si chère !

ALAHOR.

Je médite un projet qui me fera jouir
Et d'un double triomphe et d'un double plaisir.
Imprudent, je laissais ma vengeance imparfaite ;
Il me reste un moyen de la rendre complète.

PÉLAGE.

Dieu trompe les projets par l'enfer suscités.

ABDHALI.

Mon père, laissez-moi marcher à vos côtés.

ALAHOR.

Eh ! quoi, mon Abdhali, seul bonheur qui me reste,
Serait-il revenu de son erreur funeste ?

ABDHALI.

Je suis toujours chrétien, ne vous y trompez pas ;
Mais une voix m'appelle , et je vole aux combats.

ALAHOR.

D'où vient que dans tes yeux je vois naître des larmes ?

ABDHALI.

Epargnez-moi , grand Dieu, ces pénibles alarmes.
Si quelque coup fatal le menace aujourd'hui,
Que son fils puisse au moins expirer avant lui !

ALAHOR.

Dissipe ces terreurs, ne songeons qu'à combattre,
Il est de ces rochers que rien ne peut abattre,

Ni la fureur des vents, ni les coups répétés
De la foudre et des flots vainement irrités.
Je me fie à mon bras, rempart inexpugnable.

PÉLAGE.

Celui que Dieu défend est seul invulnérable.

ALAHOR.

Espagnol, des tourments tu braves la rigueur ;
Mais je t'en prépare un qui brisera ton cœur,
Et je sais où frapper pour désoler un père.

PÉLAGE.

Grand Dieu ! sauvez mon fils !

ABDHALI.

Ah ! puisse de la guerre
S'éteindre dans mon sang le funeste flambeau,
Et s'ouvrir pour moi seul la porte du tombeau !

ALAHOR (*désignant Pélage*).

Gardes, chacun de vous m'en répond sur sa tête.

SCÈNE VIII.

PÉLAGE, GARDES.

PÉLAGE.

Que dois-je en augurer et quel destin s'apprête
Pour mon fils et pour moi, pour mon peuple chéri ?
L'arbre qu'un souffle impur a trop longtemps flétri
Va-t-il lever enfin ses branches reverdies ?...
Ou mon fils succombant sous de noires furies ;

Sera-t-il immolé sur mon sein paternel?...
Il faut être Alahor pour choisir cet autel,
Un Néron plus savant que le fils d'Agrippine.
Mais du jeune Abdhali que la grâce est divine!
C'est un palmier croissant sur un sombre rocher,
C'est l'étoile des mers qui sauve le nocher,
Quand il voit sous ses pas s'entr'ouvir les abîmes.
Eh! quoi, tant d'innocence à côté de tels crimes!
Non, le Dieu qui permit qu'il vînt sauver mes jours,
Ne s'est pas de son peuple éloigné pour toujours...
Pourtant, qu'ils sont cruels les moments de l'attente!
L'instant fatal approche et ma crainte s'augmente...
Mais d'où viennent ces voix et ces lugubres cris?

UN GARDE.

Des glaives meurtriers c'est l'affreux cliquetis.

UN AUTRE GARDE.

Nous sommes attaqués!... le bruit s'avance... aux
[armes!!!
(Ils sortent précipitamment.)

PÉLAGE (seul).

Ah! je sens dans mon cœur redoubler mes alarmes!

SCÈNE IX.

PÉLAGE, FAVILA, PLUSIEURS ESPAGNOLS.

FAVILA.

Je puis vous embrasser... et je brise vos fers.
(Il jette au loin les chaînes de Pélage.)

Vous êtes libre, enfin ; mais les moments sont chers.
Armez-vous, le temps presse et venez nous défendre.

PÉLAGE.

Au moins en quelques mots ne pourrait-on m'appren-
[dre?...

FAVILA.

L'Espagnol pour lutter a besoin de son roi.

PÉLAGE (*levant l'épée qu'on vient de lui remettre*).

Le ciel s'est déclaré ; tyran, malheur à toi !

ACTE CINQUIÈME.

SCÈNE PREMIÈRE.

THÉODEMIR, ESPAGNOLS GARDANT LE CAMP.

THÉODEMIR.

Enfin, nous triomphons. Honneur au grand Pélage,
Sa gloire est immortelle et son fils la partage ;
Il va rentrer au camp libre, victorieux.

LINARÈS.

O bonheur trop tardif à couronner nos vœux !
Mais nous, nous n'avons pu, rivaux de tant de gloire,
De notre vaillant roi seconder la victoire.
Nous avons dû veiller à des objets sacrés
Qu'à notre garde ici Pélage avait livrés ;
Mais il sait où nos vœux se portaient davantage.

THÉODEMIR.

Je sais apprécier, Linarès, ton courage.
Aussi j'ai cru devoir précéder le vainqueur
Pour t'apprendre un succès ravissant pour ton cœur.

LINARÈS.

Mais qui donc opéra l'heureuse délivrance
Du royal prisonnièr ? — La force ou la prudence ?

THÉODEMIR.

Pour le rendre à l'amour de ses loyaux sujets,
Aujourd'hui l'une et l'autre ont servi nos projets !
Des attaques par nous avec soin préparées,

Occupaient d'Alahor les troupes concentrées.
Cependant Favila par de secrets sentiers,
Guidant à son insu l'élite des guerriers,
Allait vaincre ou mourir en délivrant Pélage.
Enfin, jusqu'à son père il se fraye un passage ;
Les gardes, les geôliers sont tombés sous ses coups ;
Rien n'a pu résister à son bouillant courroux...
Un doux embrassement a confondu leurs larmes.
A la voix de son fils se couvrant de ses armes.
Pélage a revolé vers ses nobles enfants
Qu'Alahor insultait de ses cris triomphants ;
Ainsi, lorsqu'au milieu d'une horrible tourmente
La mort au naufragé sans cesse se présente,
Menaçant de franchir le seul tremblant appui
Qu'ait laissé la tempête entre l'abîme et lui,
Si tout à coup un ange écarte le nuage,
Au vaisseau maltraité rendant un doux sillage,
Soudain renaît la force au cœur désespéré,
Comprenant que le ciel pour lui s'est déclaré.
Tel est l'effet produit à l'aspect de Pélage ;
Il a de Gédéon la taille et le visage,
Ses traits brillent du feu qu'allume la valeur ;
On dirait, à le voir, l'ange exterminateur,
S'apprêtant à punir l'Assyrien coupable !
Le héros a tiré son glaive redoutable ;
L'ardeur qui le transporte a passé dans nos rangs,
Tout s'est électrisé de ses nobles élans.
Qui peindrait d'Alahor la surprise effrayante
Quand il voit le succès déjouer son attente ?
Il s'arrête un moment et paraît réfléchir...

C'est le tigre altéré qui s'apprête à bondir...
Soudain, poussant un cri dont retentit la plaine,
Les deux rois corps à corps s'attaquent dans l'arène ;
Tout s'élance et combat à côté des deux rois,
Et la grande bataille a sonné cette fois :
Laissez-moi vous dépeindre un spectacle sublime
Qui nous frappe au milieu de ces scènes de crime :
Pélage en ménageant sa force et ses transports,
Commençait à lasser d'impétueux efforts ;
Son bras vainqueur allait frapper son adversaire...
Tout à coup un cri part : « ...Malheureux ! c'est mon père !
« Frappe, voici mon cœur ; que j'expire avant lui ! »
Pélage a reconnu les accents d'Abdhali ;
C'est la voix du héros qui lui sauva la vie.
Son bras est désarmé, son âme est attendrie,
Il détourne la tête et va porter ailleurs
Son courage indompté, ses coups triomphateurs.
Cependant Ximénès à sa tâche succède ;
Il poursuit Alahor, le harcèle et l'obsède ;
Cent bras unis au sien ont secondé son bras ;
Le glaive du tyran brisé vole en éclats.
Un cercle foudroyant se resserre et le presse.
Pélage a tout prévu : d'un bond fendant la presse :
« Gardez-vous d'un excès que je veux prévenir ;
« Triompher d'Alahor, c'est assez le punir ;
« Pour le rendre impuissant, il suffit qu'on l'enchaîne ;
« Les grands cœurs ont des droits, mais ils n'ont
                                    [point de haine. »
Le prince est sur-le-champ saisi, chargé de fers,
Et nos cris de triomphe éclatent dans les airs !

SCÈNE II.

LES MÊMES, PÉLAGE, FAVILA, OFFICIERS.

PÉLAGE (*courbant le genou*).

Grand Dieu, reçois l'encens de ma reconnaissance !
Amis...

TOUS.

Vive le roi !

PÉLAGE.

Grâce à votre vaillance,
Nos tyrans abattus ne peuvent que frémir...
Hélas ! pourquoi faut-il qu'un triste souvenir !...
Qui me dira le sort de ce prince admirable,
De mon jeune sauveur ? le glaive impitoyable
Aurait-il moissonné cette brillante fleur ?...
Mais pourquoi reculer, et d'où vient la pâleur,
Mon fils, que sur ton front voit s'étendre ton père ?

FAVILA.

Quoi ! ce jeune Abdhali ?...

PÉLAGE.

Si je vois la lumière,
C'est grâce au prompt secours que son bras m'a porté,
Quand le glaive sanglant d'Alahor irrité
S'allongeait vers mon sein pour m'arracher la vie.

FAVILA.

De quels chagrins amers la victoire est suivie !
Hélas ! pourquoi faut-il que sans nulle pitié,

Mon cœur n'ait pas compris un signe d'amitié ?
Il me tendait la main... j'ai détourné la tête,
Ne trouvant pas encor ma victoire complète.
Mais un autre guerrier le prenant dans ses bras,
Le ravit à mes coups et suspend un trépas
Qui maintenant peut-être... a fermé sa paupière.

PÉLAGE.

Mon bonheur eût été de le rendre à son père ;
Oh ! si vivant encore on peut le découvrir,
Je veux que des honneurs... Va, cours, Théodemir ;
N'épargne aucun effort, et tâche de connaître
La retraite où Fernand aura caché son maître...

(Théodemir sort.)

SCÈNE III.

LES MÊMES, XIMÉNÈS.

XIMÉNÈS.

Revenu des accès de sa longue fureur,
Le tyran, que j'amène aux pieds de son vainqueur,
Semble se résigner au destin qui l'accable.
Ce n'est plus le captif aigri, sombre, indomptable.
Par un retour soudain le superbe Alahor
Réclame l'entretien qu'il repoussait d'abord.

PÉLAGE.

Qu'il s'avance... Espagnols, respect à l'infortune !

SCÈNE IV.

LES MÊMES, ALAHOR *enchaîné*, GARDES.

ALAHOR.

Je demande à quitter une vie importune ;
Pélage, venge-toi. La rigueur des destins
Acharné contre moi me livre entre tes mains.
Sur celle d'Alahor mesure ta vengeance.
Si le sort des combats n'eût trahi ma vaillance,
Tu sais le châtiment que je te réservais.

PÉLAGE.

Rival de ton courage et non de tes forfaits,
Je ne veux pas ton sang ; le sang ternit la gloire.
Pélage n'aime pas à flétrir la victoire,
A faner de son front l'éclatante beauté,
En mêlant à ses traits la froide cruauté.

ALAHOR.

As-tu donc oublié la violente haine...?

PÉLAGE.

Nous t'avons désarmé ; c'est là toute la peine
Qu'un roi chrétien vainqueur impose à des vaincus.

ALAHOR.

La faveur d'un chrétien m'humilie encor plus.
Je repousse un pardon qui me condamne à vivre.

PÉLAGE.

Des moments plus sereins, Alahor, pourront suivre,

Si tu veux reconnaître à mon noble pays
Les saints droits dont la force a dépouillé ses fils.
Le temps peut adoucir les plus cuisantes peines.
Aujourd'hui sur le trône et demain dans les chaînes,
C'est un sort qu'ont subi les plus illustres rois ;
C'est Dieu, non le destin, qui nous dicte ses lois.
Il punit ses enfants sans cesser d'être père ,
Il veut qu'on se soumette et non qu'on désespère.

ALAHOR.

Pélage, ce n'est pas la perte du pouvoir
Qui seule en ce moment cause mon désespoir.
Qu'a-t-on fait d'Abdhali ?... Je comprends ton si-
[lence...
Et tu voudrais encor m'imposer l'existence !...
Infortuné ! tout tombe et croule autour de moi,
Et ce terrible aveu je le fais devant toi,
Devant toi qui naguère incliné sous mon glaive...

FAVILA.

Quand le juste est tombé, c'est Dieu qui le relève.

ALAHOR.

Mes yeux appesantis sont fatigués du jour.
Plus d'épouse et de fils ! plus de trône et d'amour !
Au lieu de ces trésors un poids d'ignominie...
Mais puisque sans retour ma puissance est finie,
Si du moins de ces fers...

PÉLAGE (*à un officier*).

Qu'on brise ses liens.
(*On ôte sa chaîne.*)

ALAHOR.

C'est me vaincre deux fois , Pélage, j'en conviens.
Ce beau trait m'est pourtant plus cher que tu ne
[penses;
A présent je puis mettre un terme à mes souffrances;
Poignard libérateur, plonge-toi dans mon sein.

(Il se frappe en s'élançant hors de la scène.)

PÉLAGE.

O ciel ! qu'ai-je entendu ! prévenez son dessein !...

THÉODEMIR.

Seigneur , il est trop tard ! Dans son fatal délire,
Je l'ai vu se frapper, tomber... Le prince expire ;
D'un poignard qu'il cachait, il s'est percé le cœur...

XIMÉNÈS.

Voilà le juste prix , tyran , de ta fureur.

PÉLAGE *(avec dignité)*.

Silence, Ximénès !— Quand l'ennemi succombe ,
Un chrétien ne doit pas insulter à sa tombe.
Nous pouvons nous livrer à de justes transports ,
Mais sans jeter l'outrage à la cendre des morts.

(Apercevant Théodemir.)
De ce retour si prompt que faut-il que j'augure?

SCÈNE V.

LES MÊMES, THÉODEMIR.

THÉODEMIR.

Qu'au sujet d'Abdhali votre cœur se rassure !
Touché du soin qu'a pris un généreux vainqueur,
Fernand lui-même accourt vous dire son bonheur.

SCÈNE VI.

LES MÊMES, FERNAND.

FERNAND.

O prodige ! ô transports ! Il respire, il nous reste !
Un ange détaché de la voûte céleste,
Au cri de ma douleur, par pitié descendu,
S'est penché sur sa couche...., et puis me l'a rendu.

FAVILA.

Sois donc cent fois béni pour cet heureux message !

PÉLAGE (*avec solennité*).

Dieu nous rend Abdhali ; c'est un fils pour Pélage.
De mon sang et du sien sortez, puissants héros [1]
Dont l'union rompra le dernier des anneaux

---

[1] Ferdinand d'Aragon et Isabelle de Castille.

D'une chaîne qu'entame aujourd'hui notre glaive.
Il monte à l'horizon l'avenir que je rêve.
Espagne aux grands destins, agrandis tes vertus ;
Un soleil s'est levé qui ne pâlira plus.
Qu'à partir de ce jour, l'œuvre libératrice,
Éclose sur ces monts, refoule, anéantisse
Jusqu'au dernier soutien du croissant oppresseur.
Ah ! je vois le guerrier, le monarque vainqueur,
Qui plaçant sur son front un double diadème,
Doit aux blasphémateurs porter le coup suprême !
C'en est fait !.... il triomphe ; et sa vaillante main
Rejette leurs débris sur le sol africain !

FIN DU CINQUIÈME ET DERNIER ACTE.

CHŒURS D'ENTR'ACTES
DONT L'EXÉCUTION EST FACULTATIVE.

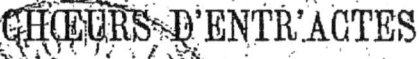

PREMIER CHŒUR.

LES ESPAGNOLS S'EXCITENT A LUTTER CONTRE LES

MAURES.

On nous a dit : Soyez esclaves...
Nous répondons : Plutôt mourir !
On peut offrir la lutte aux braves,
Jamais la honte de servir.
Tes cris plaintifs, noble et sainte patrie,
Ont retenti dans le fond de nos cœurs ;
Que l'oppresseur de l'Ibérie
Tombe sous nos coups vengeurs !

On nous a dit : Que la croix tombe !
C'est le croissant qui pâlira,
Nos bras lui creuseront sa tombe,
Et Jésus-Christ triomphera.

4*

Dieu tout-puissant, rempart de la patrie,
Arme, soutiens nos bras libérateurs ;
   Que l'oppresseur de l'Ibérie
   Tombe sous nos coups vengeurs,

Reçois, grand Dieu, nos serments solennels
De rétablir ton culte et tes autels.

      Courage, courage!
     Le ciel est avec nous,
     Oui, nous le jurons tous.
   Ils tomberont sous nos coups.
    Repoussons l'esclavage
    Les armes à la main.
    Sur les pas de Pélage
    Le triomphe est certain.

DEUXIÈME CHŒUR.

LE CHŒUR DONNE DES CONSEILS DE CLÉMENCE
ET D'APAISEMENT, IL CHERCHE A EFFRAYER LA
TYRANNIE.

———

Rois, fuyez la cruauté ;
Au pouvoir sied la bonté.
Que de maux a causés une injuste colère !
Tremblez, méchants ; tremblez, tyrans :
L'ivresse est passagère,
Et puis c'est le remords armé de traits perçants.

Pour éviter l'abîme
Où tombent les méchants,
Redoutables penchants,
Heureux qui vous réprime !
Rois, fuyez, etc., etc.

D'une aveugle vengeance
Que les fruits sont amers !
Affreux sont les revers
Dont elle est la semence !
Rois, fuyez, etc., etc.

Le sang de la victime
Jamais ne crie en vain,
Et le front de Caïn
Porte un signe de crime !
Rois, fuyez, etc., etc.

TROISIÈME CHŒUR.

LE CHŒUR EXALTE LA VALEUR ET LA PIÉTÉ FILIALE
D'ABDHALI, FILS D'ALAHOR, ROI DES MUSULMANS,
ET D'ÉGINORE ESPAGNOLE ET CHRÉTIENNE.

———

Chantons la grâce,
Chantons la valeur;
D'Abdhali l'audace
Le rendra vainqueur.

Rose printanière,
Aimable héros,
Il venge une mère;
Que ses coups sont beaux!

Chantons la grâce, etc.

Ennemi du crime,
Le ciel l'aidera;
Ardent, magnanime,
Il triomphera.

Chantons la grâce, etc.

QUATRIÈME CHŒUR.

LES MUSULMANS SUPPLIENT ALLAH DE LEUR DONNER
LA VICTOIRE.

———

Allah ! Dieu du tonnerre,
En toi l'Arabe espère,
Ecoute sa prière ;
Du séjour radieux,
Entends notre prière
Nos chants religieux.

Allah ! Allah !

Aux chances de la guerre
Nul ne peut se soustraire
Si ton bras tutélaire
Allah ! ne le défend,
Si ton bras tutélaire
Ne le rend triomphant.

Allah ! Allah !

Oh ! fais que la victoire
Accroisse encor ta gloire,

Oui, fais que la mémoire
S'en conserve toujours,
Et qu'il soit illusoire
L'espoir des Giaours.

Allah ! Allah !

Allah ! Dieu du tonnerre,
En toi l'Arabe espère,
Ecoute la prière
Des fidèles croyants ;
Bénis les Musulmans.

CINQUIÈME CHŒUR.

LES ESPAGNOLS CHANTENT LA DÉFAITE DES SARRASINS
ET EXPRIMENT L'ESPOIR DE LES VOIR TOTALEMENT
EXPULSÉS DU BEAU PAYS QU'ILS TYRANNISENT.

———

Douce patrie,
Chère Ibérie,
Noble affranchie,
Suspends tes pleurs.
Plus de douleurs !
Comme un orage
Sombre et sauvage
L'affreux servage,
Grâce à Pélage,
Rentre aux enfers.
Non, plus de fers ;
De jours amers ;
Mais des concerts
Frappant les airs.
Sainte Ibérie,
Chère patrie,
Noble affranchie,
Secoue enfin tes fers !
Dieu l'a punie
Ta barbarie,
Tyran impie
De l'Ibérie ;

Rentre aux enfers.
Non, plus de fers.

Aux martyrs dont l'absence
Accuse un beau trépas,
Honneur, reconnaissance !
Leurs noms ne mourront pas !

Il combattait lui-même à notre tête,
Le Dieu vengeur des crimes du prophète.
Que sa défaite,
Amis, soit complète
Au beau pays où l'oranger fleurit !
Sa défaite
Oui, sera complète
Au beau pays qui trop longtemps servit.
Il combattra lui-même à notre tête
Le seul vrai Dieu, vainqueur du faux prophète
Croissant maudit,
Fais place à Jésus-Christ !

Poitiers.— Typographie et stéréotypie OUDIN.

LA RELIGION EN ACTION

RÉPERTOIRE DE LA JEUNESSE.

1re SÉRIE COMPRENANT :

1º **Moïse sauvé des eaux**, Drame en trois actes, in-18, broché. . . . . » 60

2º **La Fille de Jephté**, Drame en trois actes, in-18, broché. . . . . » 60

3º **Anna la Prophétesse. — Les Bergères de la Palestine au temps du Messie**, Pastorales, in-18, broché. . . . . . . » 60

4º **Eustache, martyr**, Tragédie en trois actes, in-18, broché. . . . . » 60

5º **Lucie, vierge et martyre**, Tragédie en trois actes, in-18, broché.
— **Chants** pour distribution de prix. . . » 60

6º **Clotilde ou la conversion des Francs**, Drame en trois actes, in-18, broché. . . . » 60

7º **Pélage ou la Croix affranchie**, Tragédie en cinq actes, in-18, broché. . . . . . » 80

8º **Ingelburge ou l'Épouse chrétienne**, Drame en trois actes, in-18, broché.
— **La Fête d'une mère**, Proverbe. . . . » 60

LA RELIGION EN ACTION

RÉPERTOIRE DE LA JEUNESSE.

2e SÉRIE COMPRENANT :

1º **La bonne Demoiselle ou le Voyage en Terre-Sainte**, Comédie-Vaudeville, en trois actes, in-18, broché.

— **Chants** pour la fête de la sainte enfance.

2º **Magdaléna ou la petite Fille corrigée**, Comédie-Vaudeville, en quatre actes, in-18, broché. . . . . .

3º **La vraie Religion**, poëme en quatre chants. — **Sacre de Mgr Antoine-Charles Cousseau**, évêque d'Angoulême, stances, in-18, broché. . . . .

4º **Le Double Sacrifice ou la vertu récompensée**, Comédie-Vaudeville, en trois actes, in-18, broché. . . . . »

5º **Azémia ou la Charité Chrétienne**, Comédie-Vaudeville, en trois actes, in-18, broché. . . . . »

6º **La Réparation ou la Rencontre providentielle**, Comédie-Vaudeville, en trois actes, in-18, broché. . . . . »

7º **Alséna ou la prise de Jéricho**, Drame héroï-comique, en trois actes et en prose, mêlé de chants, in-18, broché. . . . . . »

8º **Poésies diverses**, in-18, broché. . . . . »

Poitiers. — Typographie et stéréotypie Oudin.